4

八男？別鬧了！

Y.A

Kadokawa Fantastic Novels

彩頁、內文插圖／藤ちょこ

CONTENTS

八男？別鬧了！④

第一話　鮑麥斯特家長男的憂鬱

「科特大人，這是今年度的徵稅報告書。」

「辛苦了，放那裡就好。」

「遵命。」

今年又到了收穫的季節。

對從領地內的農田收穫的小麥課以一定的稅捐，由主村的名主克勞斯計算並徵收後，再放進鄰接宅第的倉庫。

這些小麥是貴重的現金收入來源，之後將賣給從布雷希洛德藩侯領地橫越山脈來到這裡的商隊。

雖然據說收購價格有比正常行情要高一點，但住在這種偏遠地區的領主繼承人，根本就無從確認。

「（要是威德林大人在，就不必這麼辛苦了……）」

剛才將徵稅報告書擺在這裡的克勞斯，以前曾經這麼嘟囔過。

究竟是無意識說出口，還是刻意說給我聽的呢？

真不能對這個男人掉以輕心，就連父親都對我說過「不能太相信克勞斯」。

就連這份徵稅報告書是否有經過正確的計算都令人懷疑。

父親將所有徵稅業務都交給克勞斯處理，那傢伙有可能利用這樣的立場中飽私囊。

「其他兩個村落的名主也會檢查。所以不可能。」

雖然父親曾這麼說過，但我才不想被一個從克勞斯家迎娶小妾、無意義地增加異母弟妹的人訓話。

父親實在太任性妄為了。

他按照上一代布雷希洛德藩侯的命令出兵，害領地內的人口和成年男性率陷入危機。不僅如此，還為了偶爾會派商隊過來的現任布雷希洛德藩侯辛苦開墾。

明明是貴族，卻宛如拓荒者般讓自己沾滿塵土，就連這樣一點一滴存下來的錢，也全都在支付我的結婚費用和排行第三以下的弟弟們的獨立準備金後，變得所剩無幾。

雖然還剩下一點錢，但貴族這種存在，應該要儲備金錢以防萬一。

即使是像我們家這種貧窮貴族也不例外。此外，父親在我結婚後也有所改變。

「我年事已高。以後交給你的工作會變多。」

雖然一直以來，父親都以鮑麥斯特當家的身分獨攬大權，但我對此並無怨言。

為了在這種什麼也沒有又處處受限的偏遠地區生存下去，有必要讓當家掌握絕對的權力。

再來就是讓領民團結一致以及貫徹讓長子繼承的基本原則，避免在改朝換代時產生爭端吧。

父親長年都不積極分派工作給我，是有理由的。

首先是次男赫爾曼的存在。

那傢伙武藝比我高超，偶爾也會在訓練時指揮領民，因此廣受歡迎。

儘管外表嚇人，但只要實際聊過就會發現他是個有趣的男人，這點為他贏得了領民的愛戴。

在領地狹小的貴族家，擅長劍術等武藝或統率小團體的孩子，通常會獲得較高的評價。

赫爾曼那種程度的人才，在王國內應該多到數不清吧，即使如此，他還是比我優秀。所以會對長子繼承的制度造成威脅。

「赫爾曼，我要你入贅到侍從長家。」

「我知道了。」

不過，赫爾曼毫無怨言。

即使對自己的武藝多少有點自信，他也知道自己不是擔任領主的料。

下一個可能構成問題的，是五男埃里希。

那傢伙雖然擅長使用弓箭，但作為貴族教養的劍術比我還差。

然而，他的頭腦非常好。

約十五歲時，他引發了一場騷動。

不，實際造成騷動的，應該是父親和克勞斯吧。當時正在看克勞斯帶來的徵稅報告書的父親不曉得在想什麼，居然將文件拿給碰巧在旁邊的埃里希看。

埃里希看了一會兒後，指出了幾個計算錯誤。

「哎呀，我真是疏忽。埃里希大人年紀輕輕，就非常優秀呢。」

那個計算錯誤本身，並不是什麼大不了的問題。

只要將稍微多收了一點的稅，退還給幾戶人家就行了。

直到現在，我依然無法判斷這一連串的騷動究竟是克勞斯的獨斷專行，還是父親也有參與。

即使如此，不難想像之後領地內將出現這樣的傳言。

「如果想有計畫地發展領地，應該讓埃里希大人擔任下任當家比較好吧？」

這應該可以確定是克勞斯放出去的謠言。

不過要是胡亂追究，或許會打草驚蛇。

而且也沒有確切的證據，能夠證明那是克勞斯放出的消息。

父親和我就算看過徵稅報告書，也無法發現有哪裡不對。

不過，父親是因為從克勞斯提交報告書時的態度察覺到不對勁，才會讓埃里希檢查。

不僅看穿父親的直覺，還讓埃里希展現出預料中的能力，想必克勞斯一定在為此偷笑吧。

這個男人真的在各方面都讓人看不順眼。

在那之後，我警戒了埃里希好一段時間。

我擔心他會為了成為下任當家而討好父親。

然而埃里希後來宣布自己要前往王都參加下級官員的考試，證明我的擔心只是杞人憂天。
埃里希這個弟弟不僅長相俊俏、廣受領地內的女性歡迎、箭術優秀，還有一顆聰明的腦袋。
坦白講，我的確不太喜歡他。

然後是最糟糕的那個傢伙。
八男威德林。
父親到近四十歲時，才與年紀小他一歲的母親生下的孩子。
考慮到年齡差距，這個弟弟都可以當我的小孩了。
我和其他弟弟，都不曉得該怎麼和這個逐漸長大的八男相處。
實際上無視我們的擔心，威德林在滿三歲後，就成長為一個聽父母的話，不會妨礙大人們工作的孩子。
他似乎每天都窩在父親的書房裡看書，真虧他這樣還不會頭痛。
書房不過是貴族因為愛慕虛榮才設置的房間，根本就沒必要勉強自己看書。
那樣的威德林，在快滿六歲時開始產生變化。根據埃里希的說法，威德林在利用書房前，似乎曾說過「想學會魔法」。
書房裡的確有和魔法有關的書，也有判定魔法資質用的水晶球。
當然，在父親的命令下，我和其他弟弟也曾經在小時候接受判定。

雖然要是擁有魔法才能，我的人生或許也會改變，但這世界可沒這麼好混。

「科特，看來威德林似乎擁有魔法的才能。」

一個小孩子，以成為魔法師為目標拚命修練。

如果對象是小孩子，即使是在沒有才能的情況下努力練習，那幅景象依然令人莞爾。

原本是這麼想的我，從父親那裡得知衝擊的事實。

「他的才能有多優秀？」

「現在還無法確定。」

不過，威德林之後展現出來的潛能愈來愈大。

明明還是個孩子，居然能獨自去我們家後面那座有狼、熊和野豬出沒的森林進行狩獵與採集，並每天帶貴重的珠雞回來。除此之外，還有山芋、野莓、山葡萄、山菜與能當成藥材的草藥。

我舉辦婚禮時，他甚至還和埃里希搭檔，成功帶了大量獵物回來。

無論埃里希的箭術再怎麼優秀，那個成果都太不尋常了。

我想父親也是因為注意到這點，才會讓威德林和埃里希一起行動，企圖隱藏威德林的魔法才能吧。

接著在埃里希離開家後，父親開始放任威德林自由行動。

那傢伙早上一做完劍術訓練吃完早餐後，就立刻披上看似骯髒披風的外套，獨自出門閒晃。

按照父親的說法，他似乎是去進行魔法修練。

有一次我原本打算問他去了那裡，但被父親阻止了。

「威德林只要靠魔法的力量就能獨立。在那孩子離開家前，就讓他自由行動吧。」

「那太浪費了！雖然不曉得他會什麼魔法，但應該讓他留下來幫忙開發領地。」

無論是誰應該都會這麼想，但父親立刻否定了我的意見。

而且同時還露出可憐我的眼神。

「讓威德林為你所用？你是在開玩笑嗎？」

父親接著說道：

「假設威德林能用魔法對領地做出貢獻。例如整修道路與水道來協助開墾，驅除凶惡的害獸，或甚至包辦所有狩獵與採集的工作。那麼只要能暢快地吃到許多肉，即使增加勞役讓領民們進行農務，他們應該也不會有怨言。」

若領民們能吃到充足的肉，就能將勞力集中在栽培可以和商隊換錢的小麥上。

要是威德林還會更多能幫忙整備土地的魔法，開墾時便能先讓他打好基礎，領民們只要負責最後的調整就行了。

雖然愈聽愈覺得這是個好方法……

「領民們應該會這麼想吧。要是威德林能成為下任當家，這塊領地就安泰了。到時候你將失去容身之處，這樣也沒關係嗎？」

「唔！我……」

「這個國家已經很久沒有戰爭。王國只是為了領土內的安定，才會推崇長子繼承制度，但那並非絕對。」

長男過於無能，或是次男以下的孩子極為優秀，許多因素都有可能推翻長子繼承的原則。

「你還有什麼意見？」

我啞口無言。因為自己是繼承人，所以未來能過著安定的生活，即使同情必須離家的弟弟們，但同時也為他們沒留下來添麻煩而鬆了口氣。

然而，現在立場完全顛倒了。

若會魔法的威德林成為下任當家，我就會被趕出去。

雖然也有可能留下來，但這樣就得承認比自己小二十歲的弟弟是當家，並向他低頭。

我有辦法做到這種事嗎？

「威德林很認真在學習。他和埃里希一樣，學會了讀寫和計算。」

父親接著提到埃里希，讓我重新燃起危機感。

這麼說來，威德林唯一會正常搭話的對象，就是埃里希。

而且我也確定他們至今仍會定期通信，或是在生日時互送禮物。

「即使威德林成為下任當家，埃里希也不會嫉妒。威德林想必會善待埃里希。因為他的能力有這個價值。反過來講，即使埃里希成為當家，威德林也不會構成問題。埃里希應該也會善待威德林。」

兩人的關係沒有我介入的餘地，若埃里希或威德林成為下任當家，年長二十歲又難以使喚的我，一定會被趕出去。

「科特，這樣你懂了嗎？你現在只剩下順利把威德林送出去，安穩地治理自己的領地這條路了。」

「是的……」

這我自己也能理解。

不過父親的話裡，明顯充滿了對我的憐憫。

再也沒什麼比這更屈辱的事了，比起感謝，我更對父親感到憤怒。

父親，您的意見是正確的。而且非常合乎道理。

不過，在感情方面又是另一回事了。

畢竟再怎麼說，我也是有自尊的。

赫爾曼已經入贅侍從長家，而妾生的其他弟弟原本就沒有繼承權。除了他們以外的兒子，又全都離開了領地。所以您才將實權移轉給我嗎……

父親說是因為自己上了年紀。

這應該是事實，隨著他慢慢將領主的實權移轉給我，我是下任當家這件事也將逐漸變成既成事實。

因為擁有土地的人才是領主，在父親去世之前，我都無法正式繼承他的位子，不過父親似乎打算先讓我成為事實上的領主。

「我知道了，父親。」

「你是你。其他弟弟是其他弟弟。」

「是的。（其他弟弟啊……）」

正確來講，應該是指埃里希和威德林吧，但父親刻意講成「其他弟弟」。

儘管父親應該是體貼我才這麼說，但就連這份心意都令我感到憤怒。

我就按照父親的指示，提早掌握領地內的實權吧。

父親，你已經老了。

要是你就這樣衰老下去，並變得像其他老年人那樣多愁善感就麻煩了。

若你之後才說為了領民，還是讓埃里希或威德林繼承比較好，那我可受不了。

被廢嫡的中年貴族與其家人一旦流落民間，根本就不可能有辦法正常生活。

「我會以鮑麥斯特本家下任當家的身分好好努力。」

在這樣的背景下，我開始逐漸從父親那裡接手領主的工作。

不過接手歸接手，問題還是很多。

首先是前幾年的出兵，讓因此失去家人的領民們對鮑麥斯特家產生了強烈的不信任感。

他們表面上並沒有顯露出不滿，也有參加開墾的工作。

我反而搞不懂父親究竟在想什麼？

布雷希洛德藩侯發了一筆撫慰金，給那些因為出兵而戰死的領民們，但父親居然將那筆撫慰金挪用為開墾的資金。

正常來講，由於勞動人口減少，應該要免除他們的勞役才對。

然而認為「現在這塊領地，如果拿不出成果就沒有意義」的父親，完全沒有採取任何減免措施。

拜此之賜，開墾的進度比預期要快了一點。

不過，他之後似乎不打算把之前挪用的錢還回去。

當我主張應該將錢還給領民時，父親大為震怒。

「你這個笨蛋！要是我們家因為還了那筆錢而陷入困境怎麼辦！在這種窮鄉僻壤，無論中央還是宗主都靠不住！我們能夠依靠的，就只有錢而已！」

面對氣勢洶洶的父親，我完全無言以對，但同時我也認同他的說法。

像我們這種偏遠地區的貴族，能依靠的確實只有錢。

再來就是主村與其他兩個村落的對立，這個問題由來已久。

「我們才是道地的本地人！」

主村的人如此自稱。

「少囂張了。你們的祖先原本不是貧民窟的人嗎？和我們這些農家不需要的五男有什麼差別？」

剩下的兩個村落如此反駁。

再加上主村的名主克勞斯，平時就讓人摸不透想法。

雖然他是個在我面前不會露出破綻的優秀名主，但背後不曉得有什麼企圖。

因為每天都要面對這些傢伙，所以非常容易累積壓力。

除此之外……

在父親的命令下，我和弟弟威德林平常可說是互不干涉，所以我根本不曉得他白天都在幹什麼。

我曾經想過要跟蹤他，但最後被阻止了，因為這不是下任當家該做的事情。

父親還對我說「威德林應該是去進行魔法修行。別妨礙他獨立」。

雖然這麼說也對，但威德林偶爾會做出讓我感到煩躁的行為。

「這是威德林大人給我的。他說想用珠雞跟我換大豆。」

「為什麼？這樣不是對你太有利了嗎？」

首先，是他開始拿自己獵到的獵物和領民們交易。

雖然不曉得要拿來做什麼，但他會用珠雞、山豬或野兔來換大豆。

難以獵取的珠雞非常貴重，威德林提供的山豬和野兔又都是附毛皮的完整個體，因此頗受領民們歡迎。

他們似乎還約定必須輪流與威德林做交易。

明明遲早要離家，卻還討好領民，真是個愛耍小聰明的小鬼。

「父親，我要去叫威德林停止這種行為。」

「我想還是別這麼做比較好。」

已經盡可能不對我下命令的父親，提出非常消極的反對意見。

「如果威德林是免費分發獵物，那的確會構成問題。但交易就無話可說了。而且這種交易，也只會持續到威德林離家。」

父親似乎認為這樣的交易沒什麼不妥。

而且種在田地間的大豆並非徵稅的對象，只能當成家畜的飼料。

「我已經跟領民們說過，威德林不久就會離開領地。他們也知道這種交易是有期限的。」

而且，這種交易也算是一種娛樂。

除了一年只會來三次的商隊以外，領民們平常根本沒什麼機會購物，所以要是身為下任當家的我妨礙他們以物易物的樂趣，或許會釀成問題。

偶爾也是需要對這種程度的事情睜一隻眼閉一隻眼。

的確，等威德林將來離開領地後，這些騷動就會平息。

不，原本就稱不上騷動。

頂多只是領民們將因為再也無法用大豆換珠雞，而感到遺憾罷了。

另外，就是關於我妻子的事情。

從其他領地嫁到我家的妻子，一年會寄一次信給老家。
只要委託商隊把信送到布雷希柏格的公會，再支付手續費就行了。
之所以一年只寄一次，是因為從這種窮鄉僻壤寄信，費用非常昂貴。
為了以防萬一，即使是下任當家的妻子，平常也必須過著儉樸的生活。
雖然同情妻子，但我認為這也是嫁到這種領地的宿命。
然而威德林又做了多餘的事情。
「父親。關於大嫂的信，就算讓她一年寄三次也沒關係吧？」
失去埃里希這個理解者後，威德林變得經常和我的妻子說話。
我並不懷疑兩人之間有什麼不可告人的關係。
因為威德林還只是個孩子。
那麼和來自其他領地、教育水準比我們家高的妻子在一起，有什麼好開心的呢？
真相大概只是從小就在閱讀艱難書籍的威德林，和妻子比較聊得來而已。
在聊天的過程中，威德林得知妻子一年只能寫一次信回去，於是就對父親提出意見。
明明我也是因為考慮到費用，才不得已做出這樣的限制。
而他不透過我，直接去找父親這點也很狡猾。
再加上父親最後也接受了威德林的意見。
「嫁來這種窮鄉僻壤，平常應該沒什麼娛樂。不過是幾封信，就算讓她定期寫也無所謂。」

儘管實權已經逐漸移轉給我，但只要父親開口，我也沒有理由拒絕。

雖然表現得不明顯，但我看得出來妻子也很開心，因此我不得不贊成。

妻子之所以不明白表現出喜悅，應該是在顧慮我吧。

至於最關鍵的費用，不知為何變成是由父親負擔。

身為領主的父親一直都有保留一筆能自由運用的錢，只是平常幾乎沒在用而已。

我本來以為父親是用那筆錢，但後來才知道是由威德林出錢，這讓我更加生氣。

他似乎偷偷將能取得素材的獵物交給父親，讓父親和商隊換錢。

「我要去讀布雷希柏格的冒險者預備校。」

時光流逝，威德林要離開家的日子終於來臨。

雖然原本預定要等他成年，但幸好他決定去念十二歲便能入學，位於布雷希柏格的學校。

最礙事的傢伙消失，我內心歡喜不已。

父親應該有察覺我真正的想法。

由於這樣就能避免將來造成紛爭，父親放心地送威德林離開。

然後，我身為下任當家的地位總算變得穩固。

無論克勞斯有什麼企圖，只要沒有能夠擁立的對象就沒意義。

然而幾個月後，我的心境再次陷入慌亂。

那個模範生埃里希寄信回來，說他在王都獲得認同，將入贅某個騎士爵家。

按照常理，我們應該送禮金給他入贅的家族。

由於他是繼承別人的家門，因此必須付出高額的禮金。

「父親，完全不夠啊。」

若這裡離王都很近，那或許還有辦法可想。

雖說是禮金，但並不需要全部以現金或寶石支付。

即使是領地內產的小麥，或透過狩獵取得的獵物毛皮也無所謂。

然而考慮到與王都的距離，我們不可能採取這種選擇。

要是運送體積這麼龐大的東西，運費也會跟著水漲船高，不如帶現金或寶石還比較實際。

「沒辦法了。只能先跟布雷希洛德藩侯借……」

「啊？父親，你是認真的嗎？」

真要說起來，害我們的領地陷入窮困的始作俑者，就是那個布雷希洛德藩侯。

而我們居然還要向他借錢，被他榨取利息？

就算對方是地位崇高的貴族，為什麼我們非得忍受這種不合理的事情？

「不過，這是貴族的……」

「常識嗎？我們家連向親戚借的援助金都沒還，這樣還適用貴族的常識嗎？」

真正窮困到一個地步後，反而會讓人想笑。
我們家原本就缺乏貴族的常識，事到如今就算回歸貴族的常識，又有什麼意義？
在王都裡，又有多少貴族知道我們的存在？
負評這種東西，要對象夠有名才會朝周圍擴散。
就算我們沒付禮金，又有誰會感到困擾？
「布雷希洛德藩侯大人會困擾。」
「那不是更好嗎？」
要是他有怨言，只要像個貴族般攻打這裡就好。
不過即使派兵翻山越嶺攻打我們，也只會讓布雷希洛德藩侯手中多一個麻煩，平白增添損失，所以他絕對不會攻過來。
這點我可以確信。
「而且，他也會乖乖替埃里希付禮金吧。」
若附庸丟臉，宗主也會跟著丟臉。
所以只要讓那個年輕又聰明的藩侯大人幫我們出錢就行了。
「科特……」
「父親，我就直說了。我們家在王國可以說是最低階的貴族。名聲已經掉到谷底的我們如果想往上爬，就必須做些和別人不同的事情。」

為了這個目的，我們需要錢。

無論被人怎麼說都要存錢，避免不必要的開支。

這世界只要有錢，就算是王都的那些垃圾貴族，也能受到眾人的奉承與讚賞。

這就是這世界的真理。

「至少寫信給保羅和赫爾穆特……」

遺憾的是，那兩人不可能湊得出這麼多錢。

父親，你已經老了。

從今以後，就讓我按照自己的意思做事吧。

雖然我很想知道埃里希和布雷希洛德藩侯之後怎麼了，但可惜這裡是資訊傳遞緩慢的偏遠地區。

反正我已經避免多餘的花費。

目前只要這樣就夠了。

我原本是這麼想的，但之後傳來一項不得了的情報。

那個威德林，居然在前往王都參加埃里希婚禮的路上，打倒了不知為何突然出現的不死古代龍。

而且他還因為這項功績獲得非常榮譽的勳章，被任命為準男爵。

雖然這也是商隊帶來的情報，但領民們都高興得不得了。不過他們的喜悅根本就沒意義。

因為威德林已經以貴族身分建立了新的家門。

當然，他在立場上已經無法干涉我們家的繼承。
繼承了布朗特家這個名譽騎士爵家的埃里希，也將不再和我們家的繼承扯上關係。
明明是完全無關的貴族的事蹟，領民們卻還是興高采烈。
真想把那些傢伙連一點好處都沾不到的事實告訴他們。
不過最礙眼的，還是如此煽動我領民的威德林。
這傢伙真的很會作祟。
總是礙我的事情。
他最好是被中央那些貪婪的貴族們利用到死。
沒錯，最好死掉算了。
原來如此，這就是我的真心話，感覺暢快多了。
「科特。我們是我們。威德林是威德林。」
雖然父親這麼說，但你只要乖乖照顧孫子就行了。
你的時代早就已經結束了。
不過，在那之後又過了兩年半。
那個可恨的威德林依然持續發揮本領。
他和王宮首席魔導師一起在名叫帕爾肯亞草原的魔物領域，打倒了名叫古雷德古蘭多的老屬性龍，並解放了那塊領域。

威德林獲得第二個非常榮譽的勳章，升為男爵，並和教會有力人士的孫女訂婚。

此外他還與公爵決鬥、淨化了好幾間被惡靈占據的房屋、成為和他一起打倒龍的王宮首席魔導師的弟子，總之他的話題源源不絕。

成為他宗主的布雷希洛德藩侯，一定也有在背後牽線。

每次商隊造訪時，都會帶將這些事情寫得很有趣，在布雷希柏格也有分發的號外過來。

缺乏娛樂的領民們對此趨之若鶩，並藉此得知威德林的活躍。

當中雖然也包含威德林在武藝大會的第一戰就落敗的消息，但他的評價並未因此下滑。

比起不管做什麼都完美無缺的人，反倒是有點缺點的人比較容易獲得共鳴。

此外那些號外，還刊載了威德林的未婚妻，那個叫艾莉絲的小姑娘，以及預定將成為他的側室，那些布雷希洛德藩侯陪臣的女兒們的肖像畫。

布雷希洛德藩侯的計策奏效，領民們貪婪地涉獵威德林的情報，並期待商隊能再帶來新的訊息。

那個藩侯之所以做這些討厭的事，想必是為了將我排除。

雖然自己動手除掉我既費力又麻煩，但可能會有許多領民直接向父親提出訴求。

在這樣的人多到一定程度後，父親真的還有辦法堅持讓我這個長子繼承嗎？

儘管領地不大，但父親終究是一個領主，同時也是一家之主。

他可能會做出殘酷的決斷，到時候被捨棄的人一定是我。

「不，即使是宗主，也不能輕易干涉其他家的繼承順位。」

父親認為布雷希洛德藩侯沒有排除我的意思。

比起這種作法，應該還有其他更為穩健、有效的手段。

「還有那塊尚未開拓的廣大未開發地。」

祖先過去貪心地向王國申請，王都的官員因為嫌麻煩而劃為我們的領地長期擱置的那塊土地，有可能會被分給威德林。

「距離申請已經過了百年以上，既然至今都還沒開發，那就算被收回也無法抱怨。」

幸好威德林有的是錢，身為宗主的布雷希洛德藩侯應該也會提供援助。

中央那些貪婪的貴族們和教會應該也會幫忙。

他們應該不像我們這樣連出手的餘力都沒有。

「即使事情變成那樣，我們也只能維持現狀。這是沒辦法的事。」

雖然父親這麼說，但那塊未開發地是我們家的東西。

都已經擱置了百年以上，現在才說我們怠於開發也未免太晚了。

這種說法，怎麼想都只是用來奪取我們的未開發地的藉口。

「即使在我這一代無法開發，還有我的小孩、孫子或曾孫啊！」

就算很花時間，隨著開發有所進展，鮑麥斯特家還是有機會成為大貴族家。然而王國和除了魔法以外一無是處的威德林，居然想奪取我們的土地。

而且那傢伙不僅利用自己的功績拉攏埃里希，還讓保羅和赫爾穆特都加入他的旗下。

「他們四個想奪取我的容身之處與對未來的希望嗎？」

這股憤怒，隨著時間經過變得愈來愈強烈。

然而包含我的妻子在內，許多人似乎都認為威德林是個好人。

孩子們在從妻子那裡聽說他的事蹟後，好像也天真無邪地說了「好想見屠龍英雄」。

不過那個威德林，或許會奪走你們的未來啊。

威德林成年後，我的鬱悶依然沒有消失。不對，甚至還愈演愈烈。

就在這個時候，來了一位出乎意料的訪客。

一名冒險者跨越除了商隊以外根本沒有人想爬的山脈，帶了一封信過來。

那位冒險者自稱是在王都擔任會計監察長的盧克納男爵的使者。

「男爵吩咐我送這封信過來。哎呀，雖然事先就有聽說過傳言。」

「沒錯。這裡跟你聽說的一樣，非常鄉下。」

打開信封後，信的內容大致是「成年後當上冒險者的威德林，在進入難以探索的地下遺跡後，已經一個星期都沒回來。由於之前派遣的兩支聯合部隊都遭到全滅，因此他可能也已經死了」。

「死了？威德林嗎？」

「可能性很高。然後……」

信上還接著寫了如下的內容。

死去的鮑麥斯特男爵的爵位和遺產，究竟將由誰繼承呢？

「您已經擁有這個騎士爵領地。因此有可能將由您的其中一個孩子繼承。」

「這是真的嗎？」

「是的，鮑麥斯特男爵還未婚。雖然他有未婚妻，但他們既未完婚，也還沒有小孩。雖然作為候補人選還有其他兄弟，但他們不是已經有爵位，就是預定將獲得爵位。」

姑且不論埃里希，保羅和赫爾穆特都是透過討好威德林獲得爵位的人渣。

雖然他們三人的小孩也可能被列為候補，但考慮到繼承順位，應該是我的孩子優先。

若能繼承威德林的爵位和遺產，就能對未開發地進行開發了。

別說是男爵或子爵，就連當上伯爵或藩侯都不是夢。

（我的運氣終於來了。接下來……）

如果是以前的我，應該會馬上找父親商量。

但現在的我已經不一樣了。

而且考慮到父親的性格。

不難想像他一定會說王都與這裡的資訊有時間落差，或情報來源不足採信，然後要我自制。

（這種事情，我也知道……）

威德林真正死亡的機率，應該還不到一半吧。

重點是在王都掀起話題的威德林，也有明確的敵人。

而且至少還是一位在王都擁有會計監察長這種正式職位的男爵。

除此之外，或許還有其他人。

威德林的遺產，未開發地的特權。

至少要設法讓那個盧克納男爵上鉤……

「威德林居然遇到這種事！得盡快確認消息的真偽才行！」

「的確。不過，科特大人光是統治領地就夠忙了。不如這件事就交給我的主人處理吧。」

「喔喔！若男爵大人願意幫忙，那就太榮幸了。」

既然話都說到這個份上，那就交給他吧。

不過那些平常只顧著打扮和出一張嘴、將地方領主當成鄉下人鄙視的中央名譽貴族，究竟有什麼本事？

與此同時，我腦中閃過一個想法。

（要是威德林死掉，並且能用他的遺產著手開發那些荒地……）

我身為下任當家的權力就會變大。

父親也不會再對我投以憐憫的視線。

（問題在於這傢伙的主人是怎麼想的……）

「未來我也會定期帶王都和鮑麥斯特男爵的情報給您……」

就算定期傳遞情報，考慮到中間的距離，無論如何都會晚一個月以上。

不過住在這種邊境領地的我們，早就習慣這種悲哀的現實，至今也都是這樣忍耐過來。

（要是盧克納男爵願意幫我暗殺威德林就好了。就算沒有這麼好的事情，不曉得有沒有其他方法能從威德林身上撈錢……）

平常統治領地讓我累積了不少壓力，所以姑且不論可能性，思考這種事讓我覺得快樂多了。

第二話 魔導公會

「魔導公會送了邀請函來？」

在辛苦探索完那座地獄般的地下迷宮，並終於解決獎賞的事情後，我不知為何從布蘭塔克先生那裡，收到了來自魔導公會總部的邀請函。

「這封信被寄到布雷希洛德藩侯位於王都的宅第，並指名要交給我。」

「布蘭塔克先生是魔導公會的會員啊？」

「我可不是自願加入的。」

用應該是要給我的信搧風的布蘭塔克先生如此回答。

魔導公會，顧名思義就是使用魔法的魔法師們參加的公會。

會員數約有兩千人。

雖然考慮到魔法師的總數，這樣的人數似乎有點少，但這是因為那些頂多只能製造火種的農民無法成為會員。

再來就是能夠製作魔法道具的人會參加魔法道具公會，所以人數才會這麼少。

「咦？不能同時參加兩個公會嗎？」

例如我小時候就曾經向商業公會申請會員證，而且現在也擁有冒險者公會的會員證。
此外還有許多人同時參加複數公會，因為會員數愈多就愈有利，所以公會那邊一般不會有什麼意見。
然而，就只有魔導公會和魔法道具公會不能重複參加。
這真是不可思議。
「雖然不是不行……」
這兩個公會的交情以前還沒那麼糟，但他們的關係現在因為某個理由而變得險惡。
「因為預算的分配……」
「錢的問題很嚴重呢。」
「沒錯。」
赫爾穆特王國建國一段時間後，開始有餘裕處理其他事的王國政府，為了復興古代魔法文明時代的優秀魔法技術，針對魔法技術的研究撥了一筆預算。
然而魔法師的人數不足。
即使是公家機關，也沒那麼容易聚集人才。
於是政府將預算同時撥給魔法道具公會和魔導公會，委託他們進行魔法技術研究。
從這時候開始，兩個公會被世間認定為半公家機關。
「他們常針對誰提出了什麼成果，或是該如何分配預算起爭執。結果就是你看見的這樣。」

雖然是微妙地有點難堪的話題，但這種事並不稀奇。

無論哪個世界的人性都是如此。

「魔導公會為了與魔法道具公會對抗，積極增加會員的人數。」

另一方面，無法製作魔法道具的人，則是完全不會和魔法道具公會扯上關係。

至少也要能製作泛用的魔法道具，才能成為魔法道具公會的會員。

雖然他們的會員人數因此不多，但基於世間對魔法道具的需求，公會的存在還是不可動搖。

站在魔導公會的立場，即使必須勉強知名魔法師入會，也要和魔法道具公會較勁。

「我發自內心覺得隨便怎樣都好。」

「我也打從心底這麼覺得。」

所謂的魔法，基本上是由個人自己學習。

雖然很多人都有拜師，但即使沒有魔導公會也能正常過日子，要是不積極宣傳，根本就不會有人去登記。

我以前甚至完全不曉得魔導公會的存在。

「師傅也曾經是會員嗎？」

「他只是被人擅自登錄。雖然我也一樣。」

「真虧這種組織有辦法被當成半公家機關。」

「因為他們受託研究共用魔法陣。而且雖然數量不多，但也有優秀的魔法師。」

共用魔法陣，是一種將原本必須依靠魔法師個人的思考與想像力的魔法，變成任何有魔力的人都能使用的東西。

簡單來講，就是和前陣子遇到的強制轉移魔法陣相同的東西。

其他魔法也能做出那樣的魔法陣，魔導公會的最終目的，就是打造出只要灌注魔力，便能發動各種魔法的魔法陣集。

「原來如此，只要翻閱魔法陣的書，找到想用的魔法所在的頁面，再灌注魔力就能發動。」

「大概就是那種感覺。至於不足的魔力，可以靠魔晶石填補。」

雖然靈活度不高，但可以同時讓複數人使用相同的魔法。

從軍隊的角度來看，或許還滿方便的。

「不過古代魔法文明時代的魔法陣啊……」

當時的魔法陣大多是用來轉移或強制轉移，為數不多的攻擊魔法也在發動魔法陣時被燒毀，剩下回收的都是刻上去的文字或圖案已經消失大半，失去效果的東西。

「魔法陣上面的文字和記號，看起來就像意義不明的圖案與繪畫，由於類型過於複雜，因此很難取得成果。」

另一方面，魔法道具公會的進度雖然緩慢，但依然持續交出成果。

因為已經有非常多種魔法道具在民間普及，所以這算是眾所皆知的成果。

原來如此，難怪魔導公會那麼焦急。

「事情就是這樣。你前陣子探索地下迷宮時獲得的新魔法陣，後來賣給了魔導公會，所以他們基於感謝的心情……」

「讓我成為他們的會員？」

「正確答案。」

因為這樣的理由，我和布蘭塔克先生一同前往位於王都中心的魔導公會總部。

從先前的說明，難以想像總部的建築物居然如此壯觀。

此外，對面也蓋了一棟同樣豪華的建築物。

「那是魔法道具公會的總部。」

「既然討厭彼此，為什麼要蓋在對面……」

「因為先搬家的人，會讓世間覺得好像在逃避。」

「呃……」

在對這過於愚蠢的理由感到驚訝的同時，我們到一樓的櫃檯說明來訪目的，然後移動到會長所在的房間。

不愧是魔導公會，領導人居然有個叫總帥的誇張頭銜。

「初次見面，我是貝恩德·卡爾海因茲·瓦拉赫。」

魔導公會的會長，是個彷彿隨處可見的普通白髮老人。

雖然穿著魔法師的長袍，但看起來不像是個了不起的魔法師。

魔力頂多位於初級到中級之間吧？

總之我也跟著完成自我介紹。

「歡迎你們今天遠道而來。那麼首先……」

我在這裡做的第一件事，就是登錄為魔導公會的會員。

會長一按鈴，馬上就有一位將近二十歲的年輕女職員走進來，將會員證交給我。

「那個，我不用填什麼資料嗎？」

「是的，因為鮑麥斯特男爵的身分非常明確。」

「這樣啊。」

我一從年輕女職員那裡收下會員證，手續就結束了。

看來在真正想入會時，對方就連必要事項都會擅自幫忙填寫。

仔細觀看收到的會員證後，我發現上面寫著「名譽委員」。

雖然只是名譽頭銜，但看來我一下就被當成幹部了。

「那個，請問名譽委員是什麼意思？」

「是的，因為鮑麥斯特男爵是個優秀的魔法師。」

簡單來講，就是把名字借給魔導公會宣傳。

不過因為我不想花時間在名譽委員的工作上，所以打算拒絕。

然而敵人也不是省油的燈，馬上就看穿我的意圖並出言反駁：

「名譽委員真的只是掛名而已。就像您旁邊的布蘭塔克先生那樣。」
「雖然我也是名譽委員，但我什麼工作也沒做。」
相對地，似乎也沒有薪水能領。
而且和其他公會一樣，不需要繳會費。
因為公會根本就沒什麼用，所以要是每年徵收會費，退會的人就會增加。
不過感覺愈聽愈無法理解這個組織是為何存在。
「公會的研究部門，目前正在全力研究魔法陣。」
我們之前發現的新式強制轉移魔法陣，似乎也是在這裡進行解析。
魔導公會似乎是靠王國為了研究所提供的補助金，以及極少數的怪人提供的捐款在營運。
「我馬上為各位帶路。」
雖然我並沒有特別想看，但既然對方這麼說，我也只好乖乖配合。
在剛才那位年輕女職員的帶領下，我們開始朝研究部門所在的地下樓層移動。
「布蘭塔克先生，關於剛才那位會長……」
儘管這樣講有點難聽，但那個人怎麼看都是個沒什麼大不了的魔法師。
所以我試著向布蘭塔克先生詢問理由。
「因為優秀的魔法師不是待在第一線，就是待在我們接下來要去的研究部門。」
最後都是由那些作為魔法師有點微妙，但具備辦事能力的人在經營組織。

因此即使是會長，也不見得會是優秀的魔法師。
「再來，就是提供貴族子弟職缺。」
畢竟是受到稅金援助的組織，所以那些勉強具備魔力、但能力不足以在現場活躍的貴族子弟，也會加入營運組織的部門。
「由於受過教育，因此能夠勝任事務方面的工作。此外……」
布蘭塔克先生用下巴指向那位在我們前面幫忙帶路的年輕女職員。
住在王都、勉強被視為魔法師的女性，雖然會在結婚前暫時來這裡工作，但也有很多人在結婚後選擇繼續留下來當職員。
「事務與管理部門，基本上都是在辦公。和魔法沒什麼關係。」
「簡單來講，魔導公會……」
將優秀的人調去第一線或研究部門。
讓其他人進入營運公會組織的部門。
這樣的確還滿合理的。
「請往這裡走。」
我們在職員小姐的帶領下走進位於地下的研究室，那裡有許多一看就像是魔法師的男女，忙著在試作魔法陣或進行解析。
至於魔力方面，這裡看起來似乎有幾名中級程度的魔法師。

「這裡就是魔導公會的核心。」

雖然這樣講有點難聽，但即使現在上面的樓層全被吹跑，會長以下的職員也跟著全滅，也無法對魔導公會的營運造成任何影響。

眼前的研究部門，才是這個魔導公會的關鍵。

布蘭塔克先生小聲地對我如此說明。

「喔喔！這不是將新魔法陣賣給我們的鮑麥斯特男爵大人嗎？」

發現我們來訪後，一位剛邁入老年的男子向我們搭話。

這名隨意將摻雜白髮的凌亂頭髮往後梳的男子，外表看起來就像個典型的研究者，他自稱是這個研究部門的負責人，盧卡斯・蓋茲・貝肯鮑爾。

「布蘭塔克。艾弗烈的弟子擁有很棒的魔力呢。」

「對吧。」

看來這兩人似乎認識。

他們輕鬆地對話。

「既然有這麼強的魔力，那就沒問題了。鮑麥斯特男爵大人，這邊請。」

貝肯鮑爾先生似乎不打算以一般的方式介紹研究部門。

他牽著我的手，硬把我拉到自己進行研究的空間。

「布蘭塔克先生？」

「他就是這種男人。一般好像是叫研究痴？」

根據我的推測，貝肯鮑爾先生的魔力應該有中級偏上的程度。

明明當冒險者能賺比較多錢，卻把時間花在魔導公會的研究上。

雖然這裡的人，大多都是這種感覺。

「這是將前陣子從鮑麥斯特男爵大人那裡買來的魔法陣改良後做出來的東西。」

「布蘭塔克先生，你看得出來嗎？」

「不，這就像在玩找碴遊戲一樣……」

光是集中精神看魔法陣的圖案就會讓人覺得頭暈，我和布蘭塔克先生都覺得自己不可能有辦法研究魔法陣。

「那麼，這會移動到哪裡？」

「不，雖然是碰巧得到的成果，但這是能產生相反效果的魔法陣試作品。」

「相反效果？」

「嗯，是能反過來將某處的物品移動到這裡的魔法陣。」

根據貝肯鮑爾先生的說明，這個魔法陣似乎有將人或物品吸引到魔法陣上的效果。

「雖然知道效果，但不曉得會將哪裡的東西吸引到這裡嗎？」

「這就是這個魔法陣被稱為試作品的理由。」

和普通的魔法一樣，效果將視使用魔法陣的魔法師的想像力而定。

「說明太多也沒意義。我實際示範給各位看吧。像這樣……」

貝肯鮑爾先生站到魔法陣前面，閉上眼睛花了約十秒集中精神。

接著魔法陣短暫發出藍白色的光芒，下一個瞬間，上面多了一個類似白色布料的東西。

「這是什麼？」

「內褲……」

魔法陣上，放了一件白色的女用內褲。

而且那還不是新的，怎麼看都像是剛才還穿在某人身上。

「那個，貝肯鮑爾先生？」

「我移動了那位女職員身上穿的內褲。」

貝肯鮑爾先生震撼的發言，讓研究室內所有人的視線，都集中在剛才帶我們來這裡的女職員身上。

突然因為這種無謂的理由受到關注的她變得滿臉通紅，身體因憤怒而顫抖。

「如各位所見，這個魔法陣需要的魔力量，會因為吸引對象的大小、重量與距離產生改變。雖然理論上甚至能夠超越時間與次元的限制，但消耗的魔力規模將完全不同……」

「你突然間幹什麼啊！」

賞了認真說明的貝肯鮑爾先生一個耳光後，女職員粗魯地搶走魔法陣上的內褲離開。

留下臉上還殘留巴掌痕跡的貝肯鮑爾先生。

「我可是研究部門的負責人……」

「這次怎麼看都是你的錯。」

不只是我，其他所有職員也都對布蘭塔克先生的正確評論表示贊同。

「這東西還真有趣。」

「不過因為是偶然的產物，所以從研究者的角度來看算是失敗作。」

在改良強制轉移魔法陣時偶然誕生，能夠從別的場所將東西吸引過來的魔法陣。

我和布蘭塔克先生都切身見識到這東西的威力。

目送在實驗時被奪走身上穿的內褲、為了報仇而賞了貝肯鮑爾先生一個耳光的女職員離開後，我重新看向那個魔法陣。

不過無論我再怎麼觀察，都看不出與之前那個魔法陣的差異。

我想我大概永遠無法理解。

「要實際試用看看嗎？」

「可以嗎？」

「坦白講，這東西的成功率不怎麼高。所以危險性也很低。」

如果無法正確想像要吸引的目標與所在位置，就只會單純浪費魔力。

貝肯鮑爾先生之所以將眼前女職員的內褲當成目標，姑且也算是有他的理由。

「就算轉移男人的內褲，也一點都不有趣。」

「雖然能夠理解……」

但我還是很疑惑為何要拘泥於內褲？

「話說你剛才有提到，這魔法陣理論上能夠超越次元與時間吧？」

「理論上是如此。」

次元，與這個世界非常相似的其他世界，也就是平行世界。

據說在古代魔法文明時代，甚至還留下了用魔法召喚異世界產物的傳承。

雖然不曉得那究竟是事實，還是單純的傳說故事。

不過這裡就有個來自異世界的人類……

儘管不曉得這到底算轉生還是附身，但我能確定真的有異世界存在。

至於能不能讓其他人相信就不得而知了。

「那麼，我馬上來試試看。」

於是我也來嘗試使用魔法陣。

不過這個魔法陣的魔力消耗量，似乎是和物體的重量與距離成正比。

如果要將遠方的重物轉移到這裡，就需要耗費大量的魔力。

而且一旦想像失敗，就只會單純浪費魔力。

「這表示如果想轉移不同時間或次元的東西？」

「消耗的魔力規模將完全不同。如果使用者是我，在達到目的之前，就會因為消耗過多魔力而暈倒。」

就連魔力在中級當中也算是非常優秀的貝肯鮑爾先生都是如此，若想從異世界轉移東西過來，應該需要相當的魔力。

何況如果無法確實想像目標物，就只會浪費魔力。

保險起見，還是先想像一個近一點的東西吧。

「該轉移什麼好呢？」

「鮑麥斯特男爵大人，在使用前必須先確定物體的形象……」

或許是因為沒有具體想像要轉移什麼，就直接站在魔法陣前集中精神的緣故。

在發出藍白色的光芒後，魔法陣上出現一個和剛才非常相似的東西。

仔細一看，果然也是女用內褲。

內衣在這個世界，也和地球一樣普及。

像我老家那樣的鄉下，通常是穿自製的襯褲，不過在王都或其他大都市，也有由專門服飾店製作、設計高雅的內衣。

雖然不到王宮貴族專用的程度，但這件內褲看起來也要價不菲。

「黃色的女用內褲啊。」

「背後還有兔子圖案的刺繡……」

看來這件內衣的主人，非常喜歡可愛的東西。

「小子，這是誰的啊？」

「不曉得？其實我只是隨便想像家裡的東西。」

因為我是想像家裡的東西，所以這件內褲很可能是來自某人的衣櫃。

「不愧是鮑麥斯特男爵大人，居然光靠這樣的想像就能成功。至於這件內褲……」

貝肯鮑爾先生拿起那件內褲，確認溫度。

雖然本人只是基於研究者的角度在確認移轉的物體，但看在旁人眼裡，就只是個沉迷內褲的變態老頭。

「嗯，大概是跟我先前的想像重疊了。這件內褲，剛才應該還穿在某人身上。」

「咦，是這樣嗎？」

如果事情是這樣，那可就不得了了。

我明明只是隨便想像家裡的東西……

就在我這麼想時，研究室的門突然被人用力打開，一名女性闖入室內。

那位女性，正是今天應該留在家裡休息的伊娜。

「威爾！我的內褲！」

「虧妳知道是我做的。」

「只有魔法能讓身上穿的內褲突然消失吧。」

而且伊娜也知道我今天預定要來魔導公會。

就在她為了取回內褲急忙趕到魔導公會時，一位親切的女職員帶領她來到這間地下研究室。

那一定就是之前被貝肯鮑爾先生搶走內褲的女職員。

「喔喔！第一次用就能召喚出住在上級貴族宅第的女性內褲啊。真是了不起的才能。不過明明外表是冰山美人，內褲卻是走可愛風格。這也算是一種落差……」

「比起這個！先把內褲還來啦！」

由於貝肯鮑爾先生依然緊緊握著內褲，因此被伊娜賞了一記猛烈的耳光。

倒不如說，為什麼這個人每次都要說些多餘的話？

這就是所謂的「禍從口出」吧。

「那個，伊娜。」

「什麼事？威爾。」

「下次我再陪妳去買內衣。」

「……呃，好吧。」

「小子，幸好人家喜歡你呢。」

我在心裡慶幸自己免於伊娜的制裁。

「威爾，這次不要再召喚內褲了。」

「我還不太習慣怎麼控制。畢竟才第二次。」
「就算不習慣，只能召喚內褲也太丟臉了吧。」
「被妳這麼一說，的確是有點丟臉……」
總算取回內褲的伊娜也一起加入後，我開始進行下一次召喚實驗。
不如說，在不知不覺間就成了實驗。
以召喚來說，這個成果實在很微妙。
頂多和宅配同等級。
「總之不要再召喚內褲了。」
「我知道啦……」
被伊娜嚴厲地教訓後，我再次於腦中想像從自己家裡取來某種物品的景象。
接著魔法陣第三次發出藍白色的光芒，這次上面換多了一個黑色物體。
「呃……」
那個黑色物體，是俗稱胸罩的東西。
「黑色胸罩……」
「威爾……」
「呃，至少不是內褲……」
「就算是這樣，也不能召喚胸罩吧！」

雖然伊娜說得沒錯，但我的思考似乎陷入了某種糟糕的狀況。

連續召喚內衣，會讓人懷疑我的品行。

不過要是有人說我原本就沒那種東西，我也無法反駁。

「這是誰的啊？」

「嗯，尺寸很小呢。」

貝肯鮑爾先生再次拿起黑色胸罩，仔細觀察。

我再重申一次，這只是一個研究者在認真觀察召喚物而已。

即使外表看起來只是個變態老頭。

接著幾分鐘後。

「威爾——！」

這次換露易絲闖入研究室。

而且果然也是某位女職員親切地帶她來這裡。

「咦？這是露易絲的嗎？」

沒想到露易絲居然會穿黑色的內衣。

雖然我對此有點意見，但要是說出口可能會很不妙，所以我決定噤口不語。

不過貝肯鮑爾先生還是一樣不會看氣氛。

「妳的外表太年幼，穿黑色的內衣還太早了。而且妳的胸部怎麼看都不需要胸罩……」

「哼！」

「要死啦！」

貝肯鮑爾先生被露易絲連打了好幾個巴掌，臉頰也愈變愈紅。

即使如此，露易絲這樣已經算是手下留情了。

「那個，我下次再陪妳去買內衣。」

「嗯──好吧。」

「小子，幸好人家喜歡你呢。」

我再次於心裡慶幸自己免於露易絲的制裁。

「為什麼都是內衣啊？該不會是你的興趣？」

「誰知道。心裡的印象很難調整啦。」

「威爾再不適可而止，可是會和那個老頭一樣被當成變態喔。」

我被伊娜和露易絲狠狠訓了一頓。

「居然叫魔導公會的研究部門負責人變態老頭……」

「就狀況而言，實在很難否定。」

這次露易絲也跟著加入，實驗果然還是繼續進行。

臉上多了兩層掌印的貝肯鮑爾先生，叫我改召喚其他東西。

「只要召喚屋外的東西就行了。」
「可是，這樣會給人添麻煩吧。」
「就算在屋內，我的內褲還是被偷走了。」
「我的胸罩也是。」
由於伊娜和露易絲都對我投以責難的視線，我決定盡快結束這場無聊的實驗。
既然如此，還是盡可能選擇遠一點的東西比較好。
反正本來就沒規定一定得成功。
在這種情況下，最好的結果就是嘗試進行遠距離召喚，但最後只有平白消耗魔力。
順帶一提，現在召喚地球的東西實在太危險，所以還是別這麼做比較好。
我總是會摸索安全的策略，也因此經常受到現場的氣氛影響。
「呃……目標是阿卡特神聖帝國境內。」
「原來如此，只要是外國，就不會有人抱怨了。」
伊娜佩服地說道，但從有人住的地方召喚物品還是太危險了。
因此我參考前陣子看過的地圖，嘗試召喚不屬於任何人的自然物。
阿卡特神聖帝國北方的海域……
琳蓋亞大陸的北部，都是阿卡特神聖帝國的領土。
然後在大陸北端，和南端一樣布滿廣大的海洋和島嶼，在那片一到冬天就會變得極為寒冷的海洋捕到的海產，非常受到帝國人的喜愛。

根據我以前看的書，那些海產和在地球的北海道捕撈的海鮮非常相似。

其實這個魔法陣說不定很方便？唉，前提是要能成功……

我抱著這樣的想法站在魔法陣前方，接著發出藍白色光芒的魔法陣上又出現了新的東西。

「內衣？」

「怎麼可能啊！」

我一面吐槽伊娜，緊急和出現在魔法陣上的東西拉開距離。

「雖然成功了，不過……」

出現在魔法陣上的東西。

是一種在地球被稱為黑鮪魚的魚類。

而且我召喚的是剛才還在海裡游泳、重量將近兩百公斤的個體。

活生生的黑鮪魚，在魔法陣上充滿活力地跳動。

「伊娜。」

「真沒辦法……」

我將從魔法袋裡拿出來的槍交給伊娜，後者迅速給鮪魚致命一擊。

魔法陣上的鮪魚很快就變得一動也不動。

「原來如此，這次總算召喚了有用的東西啊。」

「那個，貝肯鮑爾先生有資格說這種話嗎？」
坦白講，我才不想被第一個召喚內褲的人這麼說。
「唉，這不是很好嗎？快點來吃吧。」
「真的要吃啊！」
其實在琳蓋亞大陸，吃生魚是很正常的事情。
由於只要裝進魔法袋就能維持新鮮，在位於內陸的王都和其他都市，生魚經常被當成高級食材，供有錢人或王宮貴族享用。
不過他們用的山葵比較類似辣根，一般也都是沾鹽巴，而不是沾醬油食用。
「新鮮的生魚果然美味。」
就算要吃，這條鮪魚也太大了。
雖然麻煩的是解體這種魚需要專家，但解決這個問題的，就是剛才內褲被貝肯鮑爾先生搶走的女職員。
她的老家似乎是魚店。
從老家借來道具後，她馬上以熟練的動作將鮪魚解體。
然後她靈巧地切出生魚片，裝在盤子上。
「北方產的黑鮪魚，重量兩百一十三公斤。行情大約是二十萬分。」
魔導公會裡的所有人都集合在一起，一起吃生魚片。

「咦，這麼值錢嗎？」

「是的，雖然在赫爾穆特王國的沿岸海域也能捕到，但北方產的味道比較好。」

北方產的黑鮪魚，似乎是足以和日本大間町產的鮪魚匹敵的商品。

此外又是進口貨，因此在加上關稅和運費後，價格更是高昂。

「原來如此，不過真的很好吃呢。」

就連前世的我都沒吃過這麼高級的鮪魚，因此對這個美味感動不已。

然後我提供給大家沾生魚片的自製醬油，也廣受好評。

「這比沾鹽巴還好吃呢。」

「這麼一來，就會想召喚下一個獵物了。」

至今都只有召喚內褲的魔法陣，首次派上了用場。

趁現在還有魔力，應該全力持續召喚。

「這是北方的海產？」

「應該是吧……」

我一面安撫驚訝的伊娜，一面接連召喚北方產的各種海鮮。

比地球產的還要大的扇貝，或是類似馬糞海膽的海膽。

因為在這裡連烏賊和章魚都算是高級食材，所以大家都吃得很開心。看來這類海鮮在這裡似乎沒被當成惡魔的使者。

對琳蓋亞大陸的居民來說，比起平常吃的獸肉，還是從海裡捕撈的海產比較高級，所以也給人一種大餐的印象。

因此臨時展開的試吃會大受好評。

「繼續吧！」

再來是鯛魚、比目魚、鰈魚和紅鮒等。

雖然正式名稱似乎不同，但外表一模一樣，老家開魚店的女職員也說是美味的高級品，所以應該沒問題。

她將我接連召喚出來的海鮮殺掉做成生魚片，然後送進魔導公會職員們的口中。

我也久違地享受了一頓海鮮大餐。

「那麼，大家應該都差不多吃飽了。」

「不對，和這沒有關係。重點是實驗！」

「我知道啦。」

就算是我的魔力量，頂多也只能再召喚一次。

只要朝周圍一看，就會發現把生魚片吃完的職員們都露出滿足的表情，但我還是毫不在意地進行最後一次召喚。

不過考慮到剩下的魔力，我應該無法召喚太重的東西。

「希望你能將重點放在距離。」

「我知道了。」

因為貝肯鮑爾先生這麼說，所以我再次試著想像從北方海域取來某樣較輕的物體。

結果成功率似乎是百分之百，在魔法陣發出光芒的同時，上面多了一個小東西。

「紫色的……」

「內衣呢。」

「威爾！」

「為什麼又是內衣啊！」

「我怎麼知道！」

我明明是以北海的海產為目標，但不知為何又召喚出內衣。

伊娜和露易絲都接連責備我，但我也不是自願召喚出這種東西。

「為什麼？」

「可能是來自在海上搭船的某人。不過這件內衣……」

貝肯鮑爾先生第三次拿起內衣調查，但不只是伊娜、露易絲和剛才的女職員，就連魔導公會的會長，都一臉驚訝地看向貝肯鮑爾先生。

「顏色是紫色，材質是絹絲。胸罩那裡的尺寸極大，而且大量使用了蕾絲和半透明的布料。車工也只能用一流來形容。」

「變態……」

伊娜說得沒錯，原本應該是魔法研究家的貝肯鮑爾先生居然對內衣這麼有研究，讓人感覺不太對勁。

不過按照貝肯鮑爾先生的說法，這似乎沒什麼好奇怪的。

「我的老家是一間專門幫貴族做內衣的服飾店。所以自然就累積了內衣的知識。」

「居然自然掌握了這種知識？」

「還住在老家的時候，我幾乎是被迫幫忙家業。」

魔法師的才能不會遺傳。

因此他們可能會突然出現在各種階級，當中也有人具備魔法以外的特技。只是就貝肯鮑爾先生的狀況而言，實在沒想到未來會派上用場。

然後我們確認了一項足以將貝肯鮑爾先生微妙的過去，一口氣拋到九霄雲外的事實。

「這個家徽是……」

「咦？內衣也有家徽嗎？」

貝肯鮑爾先生發現那件內衣上刺了家徽。

「雖然王國也是如此，但到了王族或皇族那樣的階級，通常就只會穿指定的御用商人賣的衣物。店家為了與其他商品區別，通常也會刺上家徽。」

不愧是比起魔法研究家，更像是內衣專家的貝肯鮑爾先生。

他幫忙進行了詳細的解說。

「順便問一下，這個家徽是？」

「嗯，是菲利浦公爵家的家徽。那是被封為選帝侯，在阿卡特神聖帝國中數一數二的大貴族家。」

這世界上有些事情還是不要知道比較幸福。

不如說搶走這種大貴族家的女性成員的內衣，一個不小心可是會發展成外交問題。

包含我在內的所有人，都變得臉色蒼白。

「那個，布蘭塔克先生？」

「別問我。」

「貝肯鮑爾先生？」

站在布蘭塔克先生的立場，他的確也只能說不知道。

因此我一問這次實驗的負責人貝肯鮑爾先生，他就反射性地快速回答：

「召喚北方海產的實驗順利成功了。內衣？我根本就不曉得那種東西。對吧？鮑麥斯特男爵大人。」

「是的，我不知道！」

我也快速將內衣收進魔法袋裡。

這麼一來，所有證據都被湮滅了。

即使現在菲利浦公爵家的某位女性，正以沒穿內衣的狀態待在北海，那也和我們沒有任何關係。

「這樣真的好嗎？」

「雖然不好，但妳要老實向陛下報告嗎？」

「怎麼可能說得出口……」

被我這麼一問，伊娜似乎也決定要保守祕密。

會長以下的所有公會職員們也被下了封口令，官方記錄上只留下成功召喚北海海產的記載。

不過這時候的我，完全沒想到自己未來會和那件內衣的主人產生深刻的關聯。

然後隔天……

「爸爸，我回來了。」

「歡迎回來，黛莉亞。話說我有一件事情想問妳。」

之前那件白色內褲的主人、同時是魚店大小姐兼魔導公會職員的黛莉亞，今天一下班回到家，就被身為魚店店長的父親叫住。

「什麼事？爸爸。」

「今天鮑麥斯特男爵家跟我們下了大量訂單，妳知道為什麼嗎？」

「因為父親親自傳授的技術獲得了認可。」

「啊？」

幾年後，黛莉亞以和本店相同的店名，在鮑麥斯特領地開了一間魚店。

第三話　冒險者生活開始，新的委託

「哎呀，鮑麥斯特男爵的魔法真是方便。」

雖然我因為父親和哥哥去世，從二十歲前就開始以布雷希洛德藩侯的身分費盡辛勞，幸好從今年開始就變得比較輕鬆了。

「瞬間移動」的魔法真的很方便呢。

原本必須花大錢坐魔導飛行船，或是花時間搭遠距離馬車才能抵達的王都，現在居然一瞬間就能到了。

我每星期會在某個事先約好的早上，請鮑麥斯特男爵到布雷希柏格來接我，然後在另一個也是事先約好的早上，請他送我回布雷希柏格，這樣的日子已經持續了兩年半。

每個星期都能有一半的時間在王都行動，對我來說非常方便。

因為我不只是普通的大貴族，還是負責統整南部所有貴族的人。

雖然至今都因為距離因素，無法頻繁地到王都露臉。

不過在與中央那些沒用貴族交涉時，如果是由我親自出面，會比派遣常駐王都的重臣過去有利許多。

這讓我能比以前更容易建立新人脈，或是進行強化聯繫的交際。

即使付給鮑麥斯特男爵一大筆錢，還是非常值得。

於是稍微多了些餘裕的我，也變得能夠陪別人商量。

因為我年輕時吃了不少苦，所以希望偶爾能幫助那些懷抱相同苦惱的人，為他們提供建議。

當然，這並不完全是慈善事業。

「因為我們知道布雷希洛德藩侯大人有拜託威爾帶您往來王都……」

「哎呀，看來你們的煩惱比我想像中的還要嚴重呢。」

找我商量的，是三隻迷惘的年輕小羊。

首先是鮑麥斯特男爵從冒險者預備校時代就認識的朋友，不僅和男爵一起組隊，姑且還算是鮑麥斯特男爵家侍從長的艾爾文．馮．阿尼姆。

他也是西部地區某個小騎士爵家的五男，聽說他的出身和鮑麥斯特男爵差不多。

明明西部也有幾間冒險者預備校，他依然刻意選了位於南部的布雷希柏格的冒險者預備校。理由好像是他擁有非常優秀的劍術才能，並因此被哥哥們疏遠。這種事並不算特別稀奇。

相對地，他也因此認識了鮑麥斯特男爵，我覺得這反而是件好事。

「和伊娜跟露易絲不同，我本來應該是沒立場找您商量……」

「這部分你就不用在意了。因為你是鮑麥斯特男爵的家臣。既然是附庸的家臣，那當然能找我商量事情。我好歹也是從二十歲開始就歷經了不少艱辛。」

雖然現在也是辛勞不斷，但重點是某種程度上我已經習慣了。

「謝謝您。」

剩下的兩個人應該不難猜到，但我還是說明一下，伊娜．蘇珊．希倫布蘭德與露易絲．尤蘭妲．奧蕾莉亞．歐佛維克，兩人都是我的陪臣的女兒。

由於分別是槍術師傅與魔鬥流的師傅，因此在家臣裡算是位居中堅地位。

她們同樣也是鮑麥斯特男爵在冒險者預備校認識的朋友，也是現在成為一家之主的鮑麥斯特男爵的側室候補。

雖然因為家世的問題，正妻的位子已經被霍恩海姆樞機主教的孫女搶走。

站在我的立場，我是希望她們能獲得最多的寵愛。

至於硬塞其他女性給鮑麥斯特男爵的方案，一來是我的族人裡沒有年齡適合的女性，二來這樣有可能惹他不高興，所以就放棄了。

「那麼，伊娜和露易絲也有一樣的煩惱嗎？」

「是的。」

「非常深刻的煩惱。」

連平常看起來一派悠哉的露易絲都覺得深刻，所以問題應該真的很嚴重。

雖然我馬上就猜到他們有什麼煩惱。

「兩百億分，對你們來說是很沉重的負擔嗎？」

面對我的問題，三人一起垂下頭。

「唉，的確是太多了。」

「不如說還比較接近故意欺負人。」

露易絲說得沒錯。

兩百億分這種數字，就連現在的我……不對，即使把布雷希洛德藩侯家的貨幣保有量一起算進來，都不可能馬上湊齊。

當然，包含領地在內，我的總資產其實有這個的好幾倍。

「冒險者因為意外的發現而大賺一筆。雖然這是所有人的夢想，但這金額實在是太……」

就連平常冷靜的伊娜，都表現得很困擾。

原來如此，為了闖出一番事業而成為冒險者的人，因為意外獲得龐大的金錢，而被周圍的人羨慕啊。

站在冒險者公會的立場，他們原本就沒義務要對冒險者個人的成果嚴格保密。

隨著時間經過，將愈來愈難阻止這樣的傳言流出。

如果有冒險者一天賺到幾萬分，認識的人就會羨慕地要他請喝酒。

若賺到的是數十萬分，那就會更令人羨慕，並讓人產生也想要賺這麼多錢的念頭。

若是幾百萬分，那就會被世人稱做「百萬富翁」，這通常也是被視為有錢人的最低條件。

然而，如果數字再更大……

雖然遇到威脅、借錢請求或是奇怪的投資詐欺的機會，從數十萬分開始就會變多。
認識的人和朋友，也會不知為何異常地增加。
甚至還有人一個不小心，就被捲入犯罪。
儘管每個人都想賺大錢，但實際賺到後，麻煩的事情也會增加。
這世界實在是無法盡如人意。
一口氣將兩百億分丟給至今都與大錢無緣的少年少女。原來如此，這的確很像是在欺負人。
雖然現在消息還沒傳開，但要是世人知道他們得到一大筆錢呢？
考慮到這個數字，不難想像一定會發生更麻煩的事情。
首先是以金錢為目的的提親，艾爾文的老家也可能會引發什麼事件。
就連伊娜和露易絲，也難保老家不會有什麼企圖。
「如果老家只是找我借錢或要求資助，那還算好。」
尤其是艾爾文，似乎和哥哥們處得不太好，搞不好他的親人或許會為了繼承財產，派殺手來暗算艾爾文也不一定。
這筆金額就是如此龐大。
「我們也一樣。」
「因為我們是女性，所以更為嚴重。」
女性基本上無法建立家門，艾爾文至少還能靠金錢的力量成為貴族獨立出去，但她們連這個選項都沒有。

「說不定我家會為了在全國開槍術道場，而叫我出錢。」

「咦？伊娜老家的槍術道場，應該原本就算是滿大宗的流派吧？」

「雖然我的祖先從總部那裡獲得了完成所有修業的證明和道場營運權，但只要有錢，就能在總部展開行動，站上流派的頂點……」

「我家也是類似的狀況……」

原來如此，只要靠錢的力量，成為在王國各地都有開設道場的頂尖流派，即使在我家只是個普通的師傅，到外面就會變成能讓其他道場的主人向自己低頭的身分。

對身為陪臣的他們來說，這也算是某種出人頭地的方法。

究竟兩人的父母，能否耐得住這樣的誘惑呢？

「一旦金額過於龐大，就只讓人覺得是缺點。」

「原來如此。不過，你們應該無法辭退這筆獎賞吧。」

站在王國的立場，這次之所以交給他們這麼大筆錢，有一部分是為了針對害鮑麥斯特男爵他們陷入危險這點表示歉意。

不對，應該不是這樣。

我看過布蘭塔克的報告書，這次王國並沒有損失。

雖然王國確實付了一大筆錢，但相對地也獲得了超過這個金額的資產。

王國應該早就計算好了，若以長遠的眼光來看，最後還是會有利可圖。
如果是那個財務卿，這點程度應該都在他的預料之內。
「咦！不行嗎？」
你們應該會被說「與其還給王國，不如全部給我！」或是「這樣反而對陛下失禮」吧。
而後者的情況，應該是那些若王國的實力變得太強、自己的立場就會變弱的貴族們的真心話吧。
我也不希望他們無條件地把錢還回去。
「是的，不行。」
「怎麼這樣……」
雖然艾爾文他們沮喪地垂下肩膀，但也不是沒有其他方法。
只不過負責說明的人不是我。
我弄響放在旁邊的叫人鈴，一名男子走進室內。
來人是我家引以為傲的專屬魔法師，布蘭塔克。
「嗨，這樣不是就不必擔心破產了嗎？」
「別說這種挖苦人的話啦。問題真的很嚴重……」
「艾爾小子不是喜歡劍嗎？這樣想買幾把名劍都沒問題了吧。」
「就算把我現在想要的劍全部買下來，也用不到兩百億分的幾百分之一。而且單純把劍買回來放一點意思也沒有。」

意思是要一面提升自己的技術，一面視需要購買適合自己的劍嗎？

雖然我不擅長用劍，但曾經聽過這樣的說法。

「伊娜姑娘和露易絲姑娘呢？妳們現在可以自由地買甜食、衣服、化妝品或各種飾品囉。」

「就算全部都買也花不完吧。」

「而且什麼東西都有個限度……」

伊娜瞄了我一眼，大概是知道我姑姑的傳聞吧。

如果是我那位姑姑，應該會盡情地買到心滿意足為止吧，但就算這樣也花不完那些錢。

「抱歉抱歉。那筆錢的確是太多了。」

因為和鮑麥斯特男爵一起組隊，所以成功探索了一般無法突破的地下遺跡，並獲得極大的成果。

他們有權利獲得一定程度的報酬，實際上也做出了與之相符的表現。

不過兩百億分的鉅款只會招致滅亡。

那麼該怎麼辦呢？

雖然他們是來找我商量，但這問題還是交給以前同樣是冒險者的布蘭塔克來回答比較好。

如果是他，應該有辦法處理這種狀況。

「在一開始登錄時，你們應該有從公會總部那裡拿到一本小冊子吧。」

「是的。」

三人一起點頭回答布蘭塔克的問題。

「可以利用第二十七條第四項，針對分配金申請異議的制度。」

雖然沒有當過冒險者的我不太清楚，但不愧是歷史悠久的公會。

在規則方面有一定程度的完備。

「針對分配金申請異議的制度？」

「沒錯。」

按照布蘭塔克的說法，冒險者的報酬基本上是按照人數平分。

不過在有新人加入已經有一定熟練度的隊伍時，那位新人會被視為實習者，報酬也會暫時被降低。

反過來在有熟練的老手加入經驗不多的隊伍時，由於其他成員將在接受老手建議的情況下累積經驗，因此這段期間老手獲得的報酬會比較多。

視實際情況而定，這樣的條件經常會改變。

然而，似乎也有許多冒險者濫用這項制度。

「即使新人已經擁有足夠的戰力，依然在只給低額報酬的情況下拘束對方，不讓對方脫隊。或是隊伍明明已經不需要指導，年長的冒險者依然賴在隊伍裡不走，並要求高額的報酬。唉，冒險者的水準本來就是有高有低。」

與其說是為了生存，不如說是為了獲得比其他人還多的錢而欺騙或壓榨他人。

這部分無論是冒險者還是貴族都差不了多少。

「遭受這種損害的冒險者，就會向公會總部申請異議。這麼一來，總部就會派人來調查狀況，視狀況提出和解案。」

由於沒有強制力，因此有沒有用還是要看當事人，不過曾經被分配金異議申請制度審查過的冒險者與隊伍會留下記錄，所以能減少新人再次被那些惡質冒險者或隊伍欺騙的機會。

這個制度原本的目的，就是發揮這樣的作用。

「不過只有在抱怨報酬過低時，才會利用那個制度吧？」

「不，只要對報酬有意見，就能藉由這個制度提出異議。雖然從來沒聽說過有人因為獲得太多報酬而提出異議，但規則本身也沒禁止人這麼做。」

「的確是沒寫……」

確認過布蘭塔克擁有的小冊子後，我發現上面的確沒寫。

在正常情況下，應該不會有人因為報酬過多而提出異議。

所以某方面而言，這也算是利用規則的盲點。

「你們就活用這條規則，將報酬都推給小子吧。」

「我知道了。」

三人一找到好方法，就一臉豁然開朗地前往冒險者公會總部。

被申請異議的鮑麥斯特男爵，在知情後一定會很驚訝吧。

不過如果錢都集中在他身上，對我來說也比較有利。

「陛下、導師和盧克納財務卿，該不會早就猜到事情會變這樣了吧？」

「應該是這樣沒錯。否則也不會下這種決定。」

幾天後，我再次收到三人的報告。

他們各領了一億分，剩下全都加到鮑麥斯特男爵的報酬上。

在提出異議後，前來調查的審議官，似乎重新從他們三人那裡聽取了關於地下遺跡的戰鬥報告。

按照三人的說明，如果鮑麥斯特男爵沒有擊倒第二座龍魔像，他們早就都沒命了。

因此審議官認為鮑麥斯特男爵有權利獲得絕大部分的報酬，並對他提出了勸告案。

不過還是留下了明明正常分配過報酬，當事人卻因為報酬太多而提出分配金異議的記錄。

鮑麥斯特男爵果然是個命途坎坷的人。

不論理由為何，曾經被提過分配金異議的冒險者都會給人留下負面的印象。

冒險者公會大概也檢討過不留下記錄的方案，但如果沒有記錄，那三人就會永遠被世人認為得到了兩百億分。

所以最後才無奈地留下記錄吧？

事到如今，就算鮑麥斯特男爵多了那樣的記錄，也不會影響他的評價。

不如說在地下遺跡的戰鬥詳細報告公布後，大家對他的評價又變得更高了。

如果是那三人獲得天文數字般的大筆金額，世人應該會對他們投以嚴厲的眼光。

唯獨鮑麥斯特男爵，現在就算再多那筆錢也沒什麼影響。

希望他能為了家臣與兩名側室忍耐一下。

因為那三個人做的是正確的選擇。

「話說艾莉絲姑娘沒有申請異議呢。不對，那三人連商量時都沒提到她？」

「布蘭塔克，這是有理由的。」

這個國家的女性，地位的確比較低。

在這樣的情況下，如果伊娜和露易絲變成有錢人，就得擔心她們周圍的成年男性會耍些愚蠢的花招。

然而艾莉絲是霍恩海姆樞機主教的孫女。

應該沒有人笨到敢找她的麻煩。

而且考慮到艾莉絲的個性，她最後或許會把那筆錢交給鮑麥斯特男爵保管。

鮑麥斯特男爵也不是笨蛋，不可能因此輕蔑在擊倒龍魔像時，持續將魔力分給他直到昏倒為止的艾莉絲。

和其他三人不同，艾莉絲沒必要針對分配金提出異議。

「她應該也會捐款給教會吧。」

「這次只要形式上捐一些就行了。」

因為他們獲得了新的特權，所以反而讓眼前的捐款顯得微不足道。

「該不會，是想讓錢集中在小子身上？」

「夠了，說到這裡就好。」

如果要簡單說明。

那就是陛下和盧克納財務卿，打算設法改善王國目前安定但停滯的經濟狀況。

尤其是逐漸在王都郊外擴展的貧民窟。

要是沒處理好，這可能會成為王國衰退的原因。

就在陛下他們思考對策時，意外地出現了一名擊敗古代龍的魔法師。

而且那名魔法師的老家還是南部邊境的貴族家。

再加上那裡旁邊就是有機會能夠開發的廣大未開發地。

如果王國獨自開發，將需要準備鉅額的預算，考慮到失敗的可能性，盧克納財務卿也無法輕易撥出預算。

畢竟他還要應付以弟弟為首的反抗勢力。

不，這麼說並不正確。

每次大人物想開展新事業時，就一定會出現反抗勢力。

即使那是良策，也會受到只要反對就能獲益的人們抵抗。

站在那些人的立場，失敗的可能性是最好用的武器。

雖然只要成功就能讓經濟狀況變好，為許多人帶來幸福，但他們根本不在意這種事。

回到原本的話題，突然出現的屠龍英雄鮑麥斯特男爵，後來又在帕爾肯亞草原幫忙打倒了第二隻龍。

而且這次他還成功攻克了藏有大量具備極高利用價值物品的古代地下遺跡。

王國成功在自己沒有任何損失的情況下，將資金集中在鮑麥斯特男爵身上。

這麼一來，再來就只剩下某個可能性。

將南部廣大的未開發地賜給鮑麥斯特男爵當領地，並將開發的工作交給他……

幸好他擁有非常充分的開發資金。

而且就算失敗，虧的也是鮑麥斯特男爵的錢。

王家將獲得比付出的錢還要多的資產。

所以那些人才會害怕。

「（這麼一來，下一個問題就是要如何處理老家了……）」

畢竟就連我都覺得那裡是個棘手的地方。

將領地縮小到符合騎士爵領地的規模。

因為目前完全沒有開發，所以王國會以怠慢為理由收回嗎？

就程序上來說，應該是會頒布領地的分割命令吧？

無論如何，重點都在於那裡的領主會如何反應。

雖然現任當家個性冷靜，但我完全無法理解下任繼承人在想什麼。

由於我連他的長相都不知道，因此當然更加感到不安。

根據傳聞，那個人似乎也不具備貴族的資質。

如果只靠分割命令，他一定會反抗。因此王國這邊，或許會考慮在中央找塊適當的領地轉封給他？

唯一要擔心的，就是中央的王國政府與南部邊境的距離吧？

站在王國的立場，或許會覺得根本不必在意那種無足輕重的騎士爵家的感受。

即使如此，若不小心惹火對方並妨礙到後續的開發，那可是會給我這個管理附近地區的宗主帶來麻煩。

王國也有可能會為了扯我的後腿，而刻意置之不理。

畢竟是要大規模地開發新土地。

而且鮑麥斯特男爵目前只擁有金錢和少數的家臣。

考慮到那塊未開發地的大小，至少也相當一個伯爵領地。

要不是有我在，就算當成藩侯的領地，那樣的規模也算很大了。

如果要建立一個全新的伯爵家。

考慮需要花費的工夫，那絕對少不了我的協助。

只要找人協助，就必須提供回禮，這是這個世界的規矩。

就這個狀況來說，首先必須幫忙斡旋適合伯爵家的家臣團。

無論哪個貴族，應該都會想替自己或家臣那些吃白飯的親族找份工作。

如果是那種規模的領地，應該也會需要幾座教會。

若每個地方都需要人手，那這已經能算是一種特權了。

比起艾莉絲一時的捐款，還是這邊比較重要。

不如說，他們還比較希望把那些捐款拿去開發，加快開發的進度。

只要建立起一個村落，就會增加一座教會，這樣就會需要聖職者。

如果是那種規模的領地，應該也會需要一個大型分部，這樣幹部的職缺也會跟著增加。

這是連小孩子也知道的道理。

再來是斡旋開發需要的人手。

這對自己領地內的商會和領民們來說，是做新的生意或到外地工作賺錢的機會。

然後他們將把賺到的錢帶回領地內消費。

考慮到距離，實際上最大的受惠者應該是南部的貴族們。

為了盡可能多從包含我在內的南部貴族們身上搶走一些特權，王國政府應該會草率地應付那個麻煩的老家。

拿「對方只是個小角色」當理由。

不如先試探那些人一下好了。我手邊正好有個只能交給鮑麥斯特男爵，適合冒險者處理的委託。

想太多也沒意義，實際上王國可能也要等發生什麼變化後才開始行動。

我思考著委託工作給鮑麥斯特男爵的事情，和布蘭塔克商量詳情。

「又要我陪同嗎？」
「這次沒那麼危險。」
「以危險度來說是這樣沒錯，但交涉起來很麻煩……」
「交涉會不會變麻煩，要看對手的情況而定。」
「一定會造成騷動吧。」
即使如此，身為布雷希洛德藩侯的我，還是有義務要守護眾多領民們的生活。
因此我狠下心做出會讓狀況產生變動的決斷。

＊　＊　＊

——艾德格軍務卿宅第——
「這是個好機會！可惡的布雷希洛德藩侯，雖然他似乎和盧克納財務卿在檯面下偷偷摸摸地計畫些什麼……但他們應該還沒攜手合作？無論如何，這些都逃不過我的法眼！」
雖然陛下沒這麼想，但王城裡有些傢伙把我這種典型的軍人，視為頭腦不好又難搞的野蠻人，這樣的狀況……對我來說完全不是困擾。
不如說是幫了我一個大忙。
因為這樣他們就會擅自把我想成只會對軍隊進行嚴格訓練的傢伙。

說到最近在王都最備受關注的貴族，就是鮑麥斯特男爵。

我跟他見過幾次面，同時也是他兩個哥哥的宗主。

因此我準備了一個名譽騎士爵的空缺，並協助他們入贅其他家門，但和帕爾肯亞草原開放後，王國軍增加的預算和職缺相比，這些根本就不算什麼。

再加上這次在巨大地下空軍基地內，又發現了多艘大型魔導飛行船，以及包含龍魔像在內的大量兵器用魔法道具。

雖然嚴格來講，我和空軍那些人屬於不同派閥，但新的基地也必須派警備兵留守。

哎呀，真是太感謝鮑麥斯特男爵了。

陛下也付給鮑麥斯特男爵一筆龐大的報酬。

雖然是有點不符合常識的金額，但王國也獲得了相對應的好處。

而且王國有理由將大筆錢財集中在鮑麥斯特男爵身上。

想必是為了開發他老家所在的南部地區吧。

「這麼一來，我們也得提供協助才行。」

規模如此龐大的新領地，需要足以防守那裡的力量。

「鮑麥斯特男爵的元老家臣不多。」

鮑麥斯特男爵那個叫艾爾文的朋友，雖然年紀輕輕就擁有優異的劍術，但需要率領軍隊的經驗。

其他的側室候補都是女性，就讓我來推薦適合擔任諸侯軍幹部的人才給他吧。

儘管全都是我家或附庸家排行第三以下的男孩，但都有接受過良好的教育。

應該能夠成為輔助鮑麥斯特男爵的好家臣。

話先說在前頭，這可不是強迫推銷。

貴族之間的互助精神，互相幫助的心很重要吧？

不過如果只由我們獨占，並因此招致嫉妒也很麻煩。

還是也跟阿姆斯壯伯爵家打個照會比較好。

我和他們的當家關係不錯，和教導鮑麥斯特男爵魔法的阿姆斯壯導師也不是沒有交情。

有美味的料理，就應該和朋友分享。

「話雖如此，單純等待結果也不是個好策略。」

畢竟每個貴族的狀況都差不多。

究竟要怎麼讓鮑麥斯特男爵開發南部的未開發地。

那裡在文件上，應該是屬於他的老家。

這麼一來，就是要讓那裡將領地分割讓渡給鮑麥斯特男爵，讓他從本家獨立嗎……

不對，就目前的狀況來看，應該是改讓鮑麥斯特男爵成為本家。

他累積的功績，至少能讓他成為伯爵。

「雖然老家那邊或許會有所不滿……」

我之前有稍微調查過，鮑麥斯特的老家給人的感覺就是個性彆扭的鄉下貴族。

若被飽麥斯特男爵搶走領地與爵位，或許會憤怒到……打算加害他。

「儘管不認為他會這麼輕易被殺掉，但凡事總是有個萬一。」

要是真的發生什麼事就麻煩了，所以我這裡也派個護衛過去好了。

反正警備隊裡多得是不得志的傢伙。

就從裡面隨便挑幾個過去保護他吧。

然後……

「得多跟飽麥斯特男爵打好關係才行。」

畢竟他是個為我們帶來幸福的好人。

因此作為回報，我打算將我的王牌送給他。

「喂——！薇爾瑪在嗎？」

「薇爾瑪大人剛剛回來。」

「她在做什麼？」

「因為她出去狩獵，所以正在調理獵物。」

問過一旁的傭人後，我得知她似乎剛回家。

「那事情就簡單了。薇爾瑪！」

我走進廚房找人後，發現正在料理的薇爾瑪，以及大量被裝在大盤子裡的烤鹿肉。

「大豐收啊。這鹿肉看起來很好吃呢。」

「主公大人也要吃嗎？」

「當然要，另外從現在開始，妳要叫我『義父』。」

「真是突然呢。」

「雖然突然，但認養程序不會花多少時間。明天一大早把文件交給相關單位就結束了。」

「我要嫁人了嗎？」

「預定是這樣。我晚點再跟妳說明，在那之前……」

薇爾瑪是某個附庸基於一些原因，託付給我照顧的女孩。

雖然她是個身材嬌小的可愛女孩，但與外表相反的是，她既強悍又擅長打獵。

儘管無法加入軍隊，但由於她實力堅強，覺得或許派得上用場的我就收留了她。

「有很多肉喔。」

「看起來很好吃呢。」

總之還是先吃眼前的肉吧。我家有一條家訓是「能吃的時候就要好好把握」。

「真好吃。」

「今年有很多鹿呢。」

「要是數量增加太多，會害森林荒廢。所以鹿這種東西就是要獵來吃。」

戒護和保全水源地，也是軍隊的工作之一。

因為可以確保食用肉，所以薇爾瑪也積極地進行狩獵。
那麼，差不多該進入正題了。
「薇爾瑪知道鮑麥斯特男爵嗎？」
「那當然，他很有名啊。」
「說得也是。」
對住在王都的人來說，大概只有極度不知世事的人會不認識他。
「那個鮑麥斯特男爵，似乎會在南方遇到很多問題。」
「很多問題？義父掌握到什麼消息了嗎？」
「沒錯。是很多和貴族有關的事情。當中也包含了有利可圖的事情。」
因為我家也算是歷史悠久的大貴族。
雖然是遠遠比不上領主貴族的名譽貴族，但消息還是滿靈通的。
「那些事什麼時候會開始？」
「應該還要再花一點時間準備。我打算挑個好時機，送妳去當護衛。妳先做好準備。」
「我知道了。」
雖然平常話不多，但薇爾瑪的直覺非常敏銳。
只要說到這裡，她就大致明白狀況了。
「可是，這種作法好像有點迂迴？」

「因為要讓女人接近他，在各方面都很不容易。」

這兩年半來，有許多貴族都想將妹妹或女兒推給鮑麥斯特男爵。

不過那位霍恩海姆樞機主教的孫女已經搶下正妻的寶座，布雷希洛德藩侯也派了兩名側室候補過去。

要介入他們之間非常困難，而且在那之前還必須先滿足一個關鍵條件。

「我聽說那起地下遺跡事件的詳情了，他的所有未婚妻，都有以冒險者的身分參加那場行動。」

鮑麥斯特男爵暫時還會繼續當冒險者。

所以要成為他妻子的女性，也必須具備相對應的實力。

「我也想參加呢。不過因為未成年所以不能參與……」

「真遺憾。薇爾瑪明明能構成戰力。不過，接下來妳一定能成為他的戰力。」

因為我就是看上她的實力才會照顧她。

就戰鬥力方面而言，很少有女孩能與薇爾瑪匹敵。

其他貴族大小姐，不可能有辦法跟得上鮑麥斯特男爵之後的生活。

但如果是薇爾瑪，應該是綽綽有餘。

「一開始先當護衛，然後再慢慢跟他培養感情。鮑麥斯特男爵在那裡應該也會很無聊，妳就好好陪他吧。」

「我會努力。」

只要像這樣製造既成事實，最後薇爾瑪就會成為鮑麥斯特男爵的側室。

我的女兒已經全部嫁人，而且我也沒對女兒進行戰鬥訓練。

就這方面而言，薇爾瑪不僅滿足條件，又是我的養女，所以能夠用來建立聯繫。

因為是養女，所以可以當側室，這樣也不會得罪到霍恩海姆樞機主教。

就連陛下都把那個老頭當妖怪對待。

最好別隨便與他為敵。

我在這方面是很有自知之明的。

「薇爾瑪討厭鮑麥斯特男爵嗎？」

「不，我對他還滿有興趣的。」

「有興趣嗎？」

「既然是屠龍者，跟著他或許會有機會吃到龍肉也不一定。至於人品，沒實際說過話也無法確定。」

「他不是個壞人。」

他似乎因為成長的環境，而不太了解貴族社會。

真要說起來，我也很討厭這方面的事情，有一部分只是基於義務在處理，所以或許和他很合也不一定。

「他還滿有出息的，應該不會讓薇爾瑪餓肚子。」

「這是最重要的一點。」

因為薇爾瑪的食量很大。所以未來要當她丈夫的人，必須滿足這樣的現實條件。

雖然太過現實會不怎麼有趣，但這世界的結婚觀就是如此。

又不是布雷希洛德藩侯最喜歡的那些書裡的故事。

「能和未來的丈夫一起去狩獵，是件很棒的事情。」

對薇爾瑪來說，打獵也是她的嗜好。

如果他們一起去打獵，應該就能當成約會吧。

雖然不曉得鮑麥斯特男爵怎麼想，但只要我和薇爾瑪這麼認為就行了。

「不過，我還不能進入魔物的領域。」

「是這樣沒錯……但應該不會有問題吧？」

南部的未開發地區大部分都不是魔物的領域，在那裡狩獵並不會造成問題。

而且在那種鄉下地區，公會的監視也很薄弱。

「即使稍微不小心走進去，也不會有人看見。就算在最壞的情形下，也能用貴族的命令蒙混過去。」

就和王國的從軍命令一樣。

貴族將未成年人納入自己麾下後，即使最後進入魔物領域，公會也無法有什麼意見。

因為這會被視為主君的命令。然後我預定讓薇爾瑪以鮑麥斯特男爵的護衛身分活動。

只要有這樣的根據在，薇爾瑪應該就能自由行動。

「真期待和鮑麥斯特男爵見面。」

「我也很期待薇爾瑪去當護衛。」

雖然個性有點冷漠，但薇爾瑪的直覺敏銳，外表可愛，是個條件很好的對象。

以這個年齡來說，她的身材還算不錯。

胸部也比跟在鮑麥斯特男爵身邊的那位叫露易絲的小姐大。

「為了我們和鮑麥斯特男爵他們的幸福，得多努力一點才行了。」

「義父，你說得真好。」

「對吧？」

目前情報還不夠充分。

我命令家臣們去收集更詳細的情報。

＊　＊　＊

「有種隔了好久才回來的感覺。」

「我上星期有先搬行李回來。」

「那是威爾。」

突然在王都留學了兩年半，而且才剛以冒險者的身分出道，就差點在第一次探索地下遺跡時丟掉性命。

順利解決許多和大人與政治有關的案件後，我們總算回到自己位於布雷希柏格的住家。

其實我偶爾會用「瞬間移動」的魔法回來，但由於冒險者需要的學習和訓練太忙，偶爾休假時又要和艾莉絲她們約會，我實際待在這棟房子的時間並不長。

難得這棟房子的設備這麼好，這實在讓人覺得有點遺憾，不過這麼一來，我們總算能定居在自己的房子了。

我們在完成第一次的委託——探索棘手的地下遺跡後，獲得了與發現的東西和設施相對應的報酬，在與埃里希哥哥和布朗特家的人、阿姆斯壯導師和瓦倫先生，以及曾經在王都照顧過我們的所有人打過招呼後，我們靠「瞬間移動」的魔法回到布雷希柏格。

其實在過程中，還發生了艾爾他們三人將獲得的大部分報酬都交給我的事件。

好像是因為數量過於龐大的金錢，只會成為災禍的根源。

而且他們還細心地利用了冒險者公會的分配金異議制度。

因為要是沒利用這個制度，就不會留下記錄，這樣就只有三人獲得一大筆錢的情報會以流言的方式傳開。

此外，艾莉絲獲得的鉅款，最後大部分也都是交給我保管。

即使是分二十年付款，但最後並不是以白金幣支付，我將王國政府發行的五張「王國票」收在魔法袋裡。

這個王國票，是利用魔法道具的原理做成的木牌。

只要拿去王城申請，就能換到和上面寫的金額相符的錢幣。

或許就類似古時候那些有地區限制的紙幣吧。

之所以利用魔法道具的技術，應該是用來防止造假，但由於擁有的人原本就不多，負責人輕易就能記住每位所有者的臉，因此至今還沒發生過偽造事件。

應該沒有人敢冒因為偽鈔罪被處死的風險，去偽造容易被拆穿的王國票。

銀幣或金幣倒是偶爾會有偽造事件，犯人也在被逮捕後遭到處刑。

當然，一般人很少有機會能看見王國票。

因為這東西只有在難以用白金幣支付時會發行，很少在市面上流通。

順帶一提，這次的王國票面額，一張是十億分。

因為艾爾他們不想收超過一億的報酬，所以我在給他們每人一百枚白金幣後，收下了這些王國票。

雖然艾爾他們說報酬可以再少一位數，但這樣他們分到的報酬就太少了。

因此我半強迫地交給他們一人一億。

「也帶我一起去吧。領主大人說要削減經費。」

回到原本的話題，因為布蘭塔克先生也想一起同行，所以我也把他一起帶回布雷希柏格。

無論我之後再怎麼練習，包含我自己在內，我的「瞬間移動」一次還是只能帶六個人，這次剛好可以勉強一次就把所有人都帶回去。

「以後如果我有事去王都，就再拜託你囉。」

「要是我外出處理冒險者的工作呢？」

「就算得等一兩天也會比較快。而且也能節約經費。」

因為這魔法非常方便，所以我好像被布蘭塔克先生和他的主人布雷希洛德藩侯給盯上了。

能使用「瞬間移動」和「通訊」魔法的魔法師，即使是民間人士也有義務登記，所以不可能隱藏身分。

理由似乎是因為在需要維護治安或發生緊急狀況時，有可能得徵召他們。

即使上次徵召，已經是將近兩百年前的事情。

於是我帶布蘭塔克先生回布雷希柏格後，馬上就去向布雷希洛德藩侯報告。

接著我前往冒險者公會在布雷希柏格的分部提交移轉申請書，然後這幾天都在離布雷希柏格最近的魔物領域正常地狩獵魔物。

在正常情況下，冒險者原本就不會突然收到王國的強制委託，而是像這樣低調地狩獵魔物。

前往公會指示的魔物領域所在的森林，持續在那裡狩獵魔物。

對象是長得像熊的魔物、像狼的魔物，以及像野豬的魔物。

這類魔物似乎是活很久的野生動物不知為何被吸引到領域內，然後在那裡發生突變，最後變成魔物。

其他的特徵，就是他們比普通的野生動物大上好幾倍，以及體內蘊含魔石。

此外，他們不僅繁殖力和成長速度非比尋常，肉、骨、毛皮和牙齒等素材也能賣得高價。

不過正常人根本就無法應付比正常尺寸大上好幾倍的熊。

一個不小心，可能被對方攻擊一下就死了。

就因為包含這樣的危險性，冒險者才能獲得高額的報酬。

「感覺艾爾和伊娜都很有幹勁呢。」

「畢竟出道戰實在太脫離常識了……」

艾莉絲說得沒錯，在探索地下遺跡時，艾爾和伊娜都體驗過極限狀態。

就連與第二座龍魔像戰鬥時，在我和布蘭塔克先生進行漫長魔法戰鬥的期間，他們也不斷在對付那群試圖逼近我們的魔像。

雖然比派不上用場要好一點，但我覺得一開始就突然面對這種出道戰，還是太誇張了。

正因為這次接的是正常的冒險者工作，所以他們才特別有幹勁。

至於露易絲一直都是那樣的感覺，所以沒什麼變化，艾莉絲因為是負責回復，所以在有人受傷前都沒機會出場——除了準備食物以外。

「那麼，既然已經獵了這麼多，差不多該回去了。」

在進入森林後，艾爾和伊娜就一直在最前線狩獵魔物，露易絲也在一旁支援他們。

我和艾莉絲則是在後方的「魔法障壁」內待命以防萬一，不過應該已經狩獵了足夠的分量。

做出這樣的判斷後，我建議大家撤退。

「說得也是。感覺已經獵得夠多了。」

「那個，露易絲小姐不狩獵沒關係嗎？」

艾莉絲向今天一隻魔物也沒打倒的露易絲問道。

「我本來是負責支援他們兩個，但完全沒有我出場的機會。」

這幾天艾爾和伊娜以自己為中心，擊倒了相當多的獵物。

獵了這麼多魔物，他們應該也滿足了，而且這也是很好的經驗。

當然這並不表示我們有偷懶或鬆懈。

「因為其他不負責任的局外人，對艾爾他們說了一堆閒話。」

露易絲雖然完全不曉得實情，但還是露出不滿的表情。

無論哪個世界，別人的嫉妒都很恐怖。

即使我曾經打倒過龍，還是有貴族和魔法師認為我只是個「運氣好的小鬼」。

在學習魔鬥流的人當中，也有人在背地裡批評露易絲是個「乳臭未乾的小鬼」。

雖然被視為聖女的艾莉絲沒有被人說壞話，但有些人對艾爾和伊娜做出了更嚴厲的批判。

「不過只是運氣好跟在鮑麥斯特男爵身邊。」

探索地下遺跡並獲得鉅額報酬這件事，似乎讓他們受到更多這種批判。

能因為探索地下遺跡這種普通的工作獲得這麼多的報酬，只能說是奇蹟。

主要是因為發現的東西非常貴重，王國才會為了獨占而高價收購。

即使知道他們將大部分的報酬都交給了我，他們一人還是獲得了一百枚白金幣，換算成日幣大約是一百億圓。

因為這是普通冒險者就算努力一輩子也賺不到的大錢，所以非難他們的人又變得更多了。

甚至還有許多奇怪的人跑來對我說「我們比那種年輕人和小姑娘更有能力」，實在讓我困擾不已。

至於露易絲，在成為那個阿姆斯壯導師的弟子後，就已經沒人敢公開批判她。

似乎沒有人敢光明正大地找那個導師的麻煩。

這也是理所當然，因為就連我都不敢做出那種有勇無謀的事情。

「即使展現亮眼成果的隊伍成員，辭退了大部分的報酬也一樣嗎？」

「畢竟是一億分啊。覺得不服的人應該也很多吧。」

艾莉絲似乎無法接受露易絲的回答，但那對某些人來說，的確是不得了的金額。

尤其是在地下遺跡裡發現的魔導飛行船特別有價值。

現在已成功啟動的新魔導飛行船，增加了航班和目的地，並開始在王國內被當成客船使用。

利用運費支付維護費和船員的薪水，同時也讓他們學會修理與運用的技術。

平常能為王國內的運輸提供貢獻，戰時也能成為有力的游擊戰力，或是協助建立補給站。

在我們前往王都前，包含備用船在內，赫爾穆特王國一共有八艘魔導飛行船在運作。

而且在從不死古代龍身上取得超巨大的魔石後，至今一直放著積灰塵的超巨大魔導飛行船終於成功啟動了。

這艘船被賦予了和我們居住的大陸一樣的名字——琳蓋亞，目前軍方正用那艘船進行訓練。

之後從古雷德古蘭多身上取得的魔石，又讓另一艘飛行船變得能夠使用，那艘船目前已經在現有的航路飛行。

然後這次又從地下遺跡找到七艘能用的船，加上從兩座龍魔像取出的魔晶石，以及作為地下遺跡動力來源的兩顆魔晶石後，又多了四艘船能夠運作。

換句話說，多虧了我們，王國能利用的魔導飛行船翻倍為二十艘，軍隊還多了一艘超巨大魔導飛行船能夠當成戰力。

這樣在軍事方面，應該就能遙遙領先北方的阿卡特神聖帝國，所以我們當然有權利收下這些報酬。

指責艾爾和伊娜的那些人，應該就是對這些好運感到不服吧。

「說得也是。差不多該回去了。」

艾爾似乎也覺得夠了。

他用布擦拭劍，同時向我們搭話。

「那把劍看起來很鋒利呢。」

「因為獲得了一大筆錢，所以就買了把好劍。」

艾爾似乎用獲得的報酬買了不錯的劍。

不如說他只要有空就會去武器店看劍，所以包含備用的在內，他已經有將近十把劍。

他似乎是因為從小就只能用哥哥們用過的老舊破劍，所以才會想要新的好劍。

「如果不用『鑑定』的魔法，我根本就分不出劍的好壞。」

「你好歹也是騎士家的孩子吧。」

艾爾半開玩笑地嘲笑對劍漠不關心的我。

的確在十二歲前，我姑且每天早上都會進行約一小時的基礎訓練。

不過由於我完全沒有才能，因此現在已經徹底轉向使用魔法和弓箭。

「姑且算是吧。等孩子出生後，我會再請個好家教指導他。」

我好歹也具備男爵的身分。

既然魔法才能遺傳給後代的機率接近奇蹟，那就必須好好讓孩子接受正常的貴族教育。

「這種事情，交給我來做就行了。」

「這麼說來，艾爾是我的家臣呢。」

雖然因為完全沒有實績，所以只有掛名沒有薪水，但艾爾他們成為了我的家臣。

「不過難得獲得那麼大一筆錢，不如去開拓領地如何？」

王國很排斥靠金錢購買爵位。

照理來說，在賣給別人前，應該先讓給有可能繼承的人或招收養子，不然就是還給王國。

為了避免突然致富的商人利用養子制度花錢購買爵位，針對養子的血脈也訂有嚴格的規定。

就埃里希哥哥的狀況來說，他只是因為是貴族的小孩，所以比較容易獲得認同。

要是讓商人入贅，高層馬上就會下達不許可的判定。

除此之外，也能透過自己開墾無人荒地，讓王國承認那裡是自己的領地。

由於對王國有貢獻，因此與血緣無關，任何人都能藉此成為貴族，但畢竟是要從頭開墾無人荒地，自然需要超乎常人的努力才有機會成功。

不是只要武藝高超、擅長魔法，或是有錢就能做到的事情。

能夠有效率地調動許多人的手腕。

如果不具備這樣的能力，就只是在浪費錢。

即使花大錢讓國家承認自己領有土地，也得花好幾十年的時間才能回收資金，許多人在這段期間都只能自掏腰包，看著自己的錢不斷減少。

因為急著回收開發資金而向居民課重稅，導致對土地還沒有歸屬感的領民們逃跑，害領地荒廢的領主似乎意外地多。

當然，一旦被王國發現，那位領主就會因為缺乏統治能力而被沒收爵位與領地。

簡單來講，就是那些錢都變白花了。

為了避免貴族無限制地增加，王國訂下了嚴格的規定。

雖然也可以說大部分都是因為顧慮既得利益者才訂下的規定，但由於制訂規則的人是貴族，所以這或許也是無可奈何。

即使如此，還是有人成功開發領地並當上貴族。

「我不想把錢花在開發領地這種無法保證會成功的事情上。只要留下現金，就能讓繼承的子孫自由使用。」

由於王國不存在繼承稅，因此對擁有現金、貴金屬、住宅或能收穫的田地者來說非常有利。

儘管這或許會讓金錢難以在社會流通，但這個工作通常是交給有錢人的敗家子來處理，這個世界就是藉此取得平衡。

「說得也是。畢竟治理領地很費工夫。」

「要是找得到能幹又足以信任的代理官員就另當別論。」

我將打來的獵物收進魔法袋，看來在別對治理領地出手的方針上，我和艾爾意見一致。

雖然感覺我周圍的環境，逐漸變得愈來愈艱難。

「不過幸好今天大豐收呢。」

我後來又另外製作了幾個裝獵物的魔法袋。

基本上製作魔法道具需要才能，但魔法袋算是相對簡單。

只是要加上「魔法師專用」這個條件。

一般人擁有的魔力只夠使用泛用品，不過對我來說，製作那種泛用品可是難如登天。

然而，如果使用者是像露易絲或艾莉絲那些擁有一定程度魔力的人，那我也能輕易做出來。

「因為是魔物，所以應該比普通動物的肉值錢吧。」

「雖然我們目前不怎麼缺錢。」

即使如此，多了這些東西也不會覺得困擾，將獵物裝進艾莉絲帶來的魔法袋後，我們返回布雷希柏格。

利用「瞬間移動」一口氣飛回布雷希柏格的公會後院，將獵物交給櫃檯人員後，我們前往商業區。

今天大家都有工作，所以決定晚餐去餐廳解決。

雖然平常女性成員都會盡可能幫忙做飯，但她們和我們都在相同條件下從事冒險者的工作。

不應該讓她們因為家事而承受多餘的負擔。

我和艾爾都這麼認為。

「我們已經很習慣和魔物戰鬥了呢。」

「是啊。」

從其他隊伍的角度來看，艾爾和伊娜原本就是實力超一流的冒險者。

已經不需要透過在魔物領域的入口附近狩獵來習慣戰鬥了。

「要再去深一點的地方戰鬥嗎？」

「不過魔物的種類應該不會有太大的差別吧。」

除非進入非常深的地方，否則魔物的種類並不會有太大的改變，反倒是不同的場所和地區，差距會比較明顯。

雖然像屬性龍這類站在食物鏈頂端的存在，會以領域頭目的身分統率魔物這點已經是常識，但牠們很少會被人發現。

要是牠們這麼容易就被發現並遭到討伐，那魔物的領域早就已經全滅了。

「冒險者這行，通常都是每天在進行相同的狩獵。」

一般來說，現在已經不可能在城市附近發現新遺跡或迷宮。

想找這些東西就必須出遠門，即使順利發現，若沒有一定的實力也無法探索那麼遠的地方。

在遠離人煙的場所，露宿和戰鬥的機會也會增加，因此這對經驗不足的冒險者來說是非常困難的。

「哎呀，是你們啊。」

由於後面突然傳來聲音，我們回頭一看，就發現臉上帶著假惺惺笑容的布蘭塔克先生。

他以前是本領高強的冒險者，現在則是布雷希洛德藩侯的專屬魔法師。

雖然後者的工作非常辛苦，但看見他現在的笑容，只讓我有不好的預感。

應該是布雷希洛德藩侯命令他在這裡等我們。

「如果要去吃晚餐，可以去布雷希洛德藩侯家吃喔。」

「我只有不好的預感。」

「別這麼說嘛。我們的領主大人，不是你的宗主嗎？」

「布蘭塔克先生，你真的這麼想嗎？」
「……」
看著布蘭塔克先生僵硬的表情，我發自內心覺得侍奉貴族真是件辛苦的事情。
「雖然你們的經歷尚淺，但名聲非常好喔。身為宗主，我也覺得很自豪。」
被布蘭塔克先生半強迫地帶到布雷希洛德藩侯家後，我們被招待享用極盡奢華的料理。
布雷希洛德藩侯開心地勸我的未婚妻艾莉絲用餐。
雖然他內心應該是百感交集，但也不能隨便得罪教會大人物的孫女。
至少不能對人家失禮。
他還不忘告訴她有準備美味的甜點。
「龍、魔像和各種魔物，似乎都無法讓你陷入苦戰呢。」
「目前是這樣……」
不，實際上大大陷入苦戰。
甚至差點沒命。
我們真心希望那種高難度的角色別再出現。
「既然能打倒龍，那其他魔物應該大部分都沒問題吧？」
「要看狀況。」

真的要看狀況。

死於非命的師傅只要有心，應該也不會輸給龍吧。

即使無法打倒龍，應該也有餘力在被打倒前脫逃。

就算是這樣，他還是無法一面保護主人和我方軍隊，一面對抗魔物群的數量暴力。

即便他一個人有辦法逃跑，也不能丟下雇主與其軍隊。

比師傅還要不成熟的我，視狀況而定，也可能比師傅更輕易死掉。

「說得也是。要看狀況啊。其實我有件事情想拜託鮑麥斯特男爵……」

既然都特地把我們找來這裡了，想必布雷希洛德藩侯的請求，一定是無法透過公會進行的委託。

其實這樣做應該會得罪公會，但布雷希洛德藩侯是布雷希柏格的統治者，很可能事先就已經先和公會商量過了。

「那麼，是什麼樣的委託？」

眼前的場合，根本不容我拒絕。

不行的話就撤退，乖乖回來報告失敗，應該會比直接拒絕要好。

反正這個委託沒有透過公會，就算失敗也不會損害我的經歷。

「這算是一種討伐委託。」

「算是？」

「幫我的父親善後。」

一聽見這句話，我就了解了一切。

前任布雷希洛德藩侯基於個人的任性，將我的師傅和老家捲進來，對魔之森發起一場無謀的遠征，布雷希洛德藩侯就是想委託我幫那場遠征善後。

「將近兩千人去世，被留在魔物的領域。有必要為那件事情善後。」

正確來講，那些人應該都變成不死族了，所以委託的主要內容，應該就是淨化他們。

像師傅那樣維持堅強的自我，成為死語者的案例非常稀少。

大部分都是從殭屍依序進化成食屍鬼、骷髏兵，然後是幽魂。

當幾百個惡靈化的靈魂聚集成一個集合體後，除非是像我或艾莉絲那種等級的聖魔法，否則很難淨化。

就算沒變成一個集合體，考慮到數量，應該還是不容易淨化。

地點在魔之森也是個問題。

從這裡越過南邊的山脈，再從鮑麥斯特騎士領地往南前進幾百里進入廣大的未開發地。

魔之森就位於東南的盡頭。

「鮑麥斯特男爵應該能靠『瞬間移動』前往魔之森吧？」

「呃，嗯……」

若是普通的冒險者，光是前往魔之森就夠辛苦了。

然而從小就開始四處探索的我，能透過「瞬間移動」自由地抵達魔之森的入口。

這方面的事情，布雷希洛德藩侯也已經知道了。

「可是……如果擅自探索位於鮑麥斯特騎士領地內的魔之森……」

「放心吧。你的父親無法拒絕宗主的要求。」

的確，那個個性超級保守、腦袋裡只想著要保全領地的父親，不可能拒絕布雷希洛德藩侯的要求。

而且這次的情況，只有我們要前往魔之森，並沒有要求父親他們派出援軍。

既然只要提出許可，那事情應該不會太麻煩。

「如果數百年後有冒險者進入那座森林，被透過自相殘殺強化過的不死族襲擊，然後發現原因是出在我們家，到時候我家的名聲又要變差了。」

大貴族的面子真是麻煩。

這樣我就沒辦法拒絕了。

不過至少會有兩千個不死族啊……

唉，真的沒辦法處理的話就逃跑吧，抱著這樣的想法，我開始大吃眼前的料理洩恨。

第四話　久違的返鄉

「小子，開始『瞬間移動』吧。」

「布蘭塔克先生，你又被派來陪我們啊。」

「別提了……」

雖然我懷疑這次的委託是不是真的是機密，但我們「屠龍者」一行人，被半強迫地接受布雷希洛德藩侯的委託……

前任布雷希洛德藩侯曾經將我的老家鮑麥斯特騎士爵家一起捲進去，做出對位於琳蓋亞大陸東南端的魔之森發動遠征的愚行，並因此犧牲了許多人。

那場無謀的遠征，讓留在魔之森的兩千具遺體變成不死族，要是就這樣放著幾百年不管，事情可就嚴重了。不死族的遺憾、悲傷與怨念，會隨著時間經過變得愈來愈強，是非常棘手的存在。

在王都有許多瑕疵屋，只要看過那些房屋，任誰都能理解這點。

從鮑麥斯特騎士領地這個有人居住的地區，要再跨越數百公里的未開發地才能抵達魔之森，因此下次有人踏進那裡，應該是幾百年以後的事情了。

光想像就讓人覺得很恐怖。

要是未來魔之森的不死族造就了許多犧牲者，在調查過那些不死族的身分後，構成原因的布雷希洛德藩侯家當然會遭受惡評。

雖然我也不確定幾百年後布雷希洛德藩侯家是否還存在，但目前布雷希洛德藩侯家似乎已經有一千兩百年的歷史，因此很可能會延續到那時候。

為了尚未見面的子孫，應該趁那些在魔之森徘徊的前遠征軍士兵的不死族還沒那麼強時，讓他們成佛。

為了這個目的，我們將前往當地。

從將這種類似大貴族醜聞的委託交給我們處理來看，布雷希洛德藩侯似乎相當倚賴我們。包含遮口費在內，他開出的報酬也非常豐厚。

「不過人數這麼少不會有問題嗎？」

「沒問題啦。」

布蘭塔克先生立刻回答艾爾的疑問。

派由少數人組成的冒險者隊伍，去挑戰有許多魔物居住的領域，這當中的理由就跟之前說的一樣。

如果派太多人去，魔物也會跟著大批出現。以前的遠征軍最大的敗筆就是這點。雖然還有其他問題，但現在還是先略過不提。

「只要以少數成員入侵，對方一次也只會出來差不多的數量。」

「這點在至今的討伐中已經體驗過了，不過這樣應該無法打倒兩千隻不死族吧。」

「放心啦。所以才要拜託艾莉絲姑娘和小子啊。」

我都已經成年了，差不多可以別再叫我「小子」了吧，但布蘭塔克先生似乎沒這個打算。從他的角度來看，我是他弟子的弟子。

所以在感覺上會把我當成小孩子，或許也是無可奈何，不過他平常在公開場合，並不會用這種無禮的口氣和身為男爵的我說話。看來他在這方面還是很有分寸。

「威爾和艾莉絲？」

「沒錯。就像一口氣驅除蟑螂那樣。」

布蘭塔克先生這次想出來的作戰，並不是一隻一隻地打倒敵人，而是將不死族們聚集起來後一口氣殲滅。

「小子，你會廣域擴散魔法吧？」

「是的，師傅有教我。」

廣域擴散魔法，簡單來講就是用來擴展魔法效果範圍的魔法。

由於是將魔法的效果變成大範圍，因此當然需要消耗大量魔力，如果對象不適合，那用起來也沒有意義。而且和屬性的契合度也有關。

如果用的是火屬性魔法，就是火焰會擴散，所以能燒死大範圍的魔物。

但偶爾似乎也會出現被自己擴張的火焰包圍，就這樣把自己燒死的人。

風系統的龍捲風也一樣，反過來就算用了沒什麼意義的，就是土或水系統的魔法吧？

不過當然不是所有的招式都沒意義，這對土系統的土木魔法非常有效。

畢竟原本就是要對很大的範圍發揮效果的魔法。

水系統的話，就是擴大治癒魔法的範圍吧。

在還有戰爭的時代，將傷患集合起來一起治療時，據說非常方便。

根據我以前在書上看到的記載，雖然因為魔力的關係，這種方法頂多只能治療輕傷的病患，但即使如此，能將魔法用到那種程度的人還是不多，因此備受倚賴。

「小子的廣域擴散魔法，也能對其他人使用吧？」

「嗯。」

「那或許這次的工作會意外地輕鬆。」

布蘭塔克先生開始說明作戰。

首先讓艾莉絲使用淨化魔法，然後我再使用廣域擴散魔法，在魔之森中擴大效果範圍。

若艾莉絲的魔力在中途用盡，就讓布蘭塔克先生幫她補充魔力。

艾爾、伊娜和露易絲主要的任務，就是排除其他魔物，別讓牠們靠近我們。

「所以才會派布蘭塔克先生來幫忙啊。」

「畢竟只有這些人數。雖然少數精銳是基本，但協助者必須同時滿足擁有相對應的實力和能夠保密的條件。」

雖然只要最後殲滅成功就不會有問題，但因為也有失敗的可能性，所以才會選擇派侍奉布雷希洛德藩侯的布蘭塔克先生來幫忙。

「那麼，我們就趕快開始吧。」

我在十二歲前，曾經藉由探索未開發地來鍛鍊魔法。拜此之賜，雖然我無法進入魔之森，但幾乎能在整座魔之森的周圍自由移動。

「不，等一下。」

雖然我準備立刻移動解決委託，但布蘭塔克先生不知為何阻止了我。

「咦，為什麼？」

「必須先去一個地方。」

「先去一個地方？」

「那座魔之森好歹是位於鮑麥斯特騎士領地內，正常應該要先去跟領主打個招呼。」

「呃，是這樣沒錯啦……」

我當然也有注意到，但坦白講我實在提不起勁。

不如說既然我們是要幫忙處理布雷希洛德藩侯家的醜聞，他至少應該先幫我們和對方打好招呼吧。

「唉……」

「忍耐一下吧。」

只要文件上是登記為鮑麥斯特家的土地，那果然還是得先去打個招呼取得許可，並事先交涉獵物要怎麼分。如果那裡也和布雷希柏格一樣有冒險者公會的分部，就不需要做這種事。只要有登錄為冒險者，公會不僅會幫忙交涉，連稅金都會代為繳納。

不過鮑麥斯特領地和未開發地並沒有冒險者公會。因此必需直接和領主交涉。

以這次為例，就是要討論如何分配在淨化不死族的過程中獲得的士兵遺物與遠征軍的遺留物，從襲擊我們的魔物身上取得的素材，以及在魔之森採集到的草藥。

要從所有得到的東西當中，繳納幾成的收穫？支付方式是用實物？還是等在布雷希柏格變賣後，再繳納一定金額的現金？有必要事先針對這些細節進行交涉。

總覺得現在才講這些有點太晚了……

雖然由小時候就一面進行魔法修行，一面在未開發地偷取了許多東西的我來說也有點奇怪，但這和那是兩回事。不如說，這才是我卑鄙的部分。

即使我在未開發地擅自偷取礦物或獵物的素材，我的老家也無法處罰我。因為要證明竊盜事件，必須要有證據。

我的老家根本不具備派遣調查隊去調查哪裡有哪些東西，以證明我犯罪的能力。

這跟連自己錢包裡有多少錢都不知道的人，就算吵著說自己的錢被偷了，警察也不會理會是相同的道理。

「……」

「那個，威德林大人？」

「我能理解這種心情。艾莉絲，妳還是讓他一個人靜一靜吧。」

艾爾和我一樣跟老家的關係很微妙，所以似乎能夠理解。

就算是為了工作，必須去和理應早已捨棄的老家打招呼，還是讓我感到有點憂鬱。

「唉……」

「怎樣啦。你真的那麼不想去嗎？」

我利用「瞬間移動」，站在久違的鮑麥斯特家宅第面前。

坦白講，我真希望自己已經忘記地點變得無法移動，但多虧了嚴格的修練，即使已經好幾年沒來，「瞬間移動」的魔法還是正常地成功了。

我和艾爾的立場幾乎完全一樣。

在身分上都是不可能繼承騎士爵家的沒用孩子，靠自己的力量成功獨立當上冒險者。

艾爾在成年的同時，就放棄了老家的繼承權。雖然因為意外的幸運獲得一大筆錢，但因為那已經是別人家的事情，所以艾爾的老家應該也不可能下流地向他要求援助。

在探索完那個地獄般的地下迷宮後，已經過了約一個月，艾爾似乎也在擔心那個情報傳開後，會發生什麼事情。

反過來說，我的狀況又是如何呢？

因為名主克勞斯以前曾經做出「我才適合擔任下任當家」的炸彈發言，所以我早早就放棄了繼承權。

不如說在從陛下那裡獲得新爵位時，我就已經確定要放棄了。

雖然我很快就拜託相關單位完成事務方面的手續。

不過當時父親和哥哥好像都沒說什麼。

之所以說得好像事不關己，是因為這一切都是以信件完成，我並沒有實際和他們見面。

畢竟我對鮑麥斯特家或那些父母兄弟，並沒有懷抱什麼特別的執著或感情。

轉生成當時五歲的威德林後，之前的記憶都只像是在夢裡看見的知識，而且在那之後與其說我很少和家人接觸，不如說他們明顯對我不聞不問。

我既沒有被虐待，也不必幫家裡的忙，我將所有的時間都花在念書和修練魔法上，作為成果，我多少也提供了一些獵物充當飯錢。坦白講，周圍的人應該也認為我們只有這點程度的淡薄關係。

在知道我會用魔法後，這樣的傾向又變得更加強烈。

對最南端的邊境貧窮騎士爵家來說，必要的東西只有讓族人和領民們維持某種封閉的協力關係，我的魔法只會對這種關係造成妨礙。

因此他們內心真正的想法，應該也是盡快讓我獨立。

「事到如今才要去打招呼啊……」

「那個，我也想跟公公和婆婆打個招呼。」

「我也是。」

「我也是，以三太太的身分。」

三人都是我的未婚妻，所以我能理解她們想和我的父母打招呼的心情，但這樣的展開，怎麼想都只會惹科特哥哥不高興。

因為和有娶妾的父親不同，科特哥哥只有亞美莉大嫂一個老婆。

與其說是男人的嫉妒，不如說像這樣展現妻子的數量和經濟力，就等於是在宣告對方很窮。實際上，聽說也曾經有貴族因為這樣產生流血衝突。

所以我才不想去打招呼。

「表面上，你和亞瑟大人都同樣是領主大人的附庸。」

即使在血緣方面我們永遠是親子，在公開場合我們都一樣是布雷希洛德藩侯的附庸。

由於名義上姑且所有的貴族都算是陛下的家臣，因此所有貴族的立場照理說都相同，但實際上公爵和騎士爵當然不可能一樣。

由於不論領地大小還是經濟力都有一定的差距，所以通常公爵都比較會擺架子。

然後我是男爵，父親只是騎士爵。經濟力更是不用說。

這還是我第一次覺得事情這麼難搞。

我想起前世時，中年的課長曾經因為一個以前退休的部長又重新被僱用，之後將變成他的部下而煩惱不已。

「真是麻煩……」

「因為是工作，所以放棄吧。」

「我知道啦。」

被布蘭塔克先生這麼說後，我只好敲了一下宅第的大門。

雖然因為是貴族，所以姑且用宅第來稱呼，但鮑麥斯特家還是一樣是個弱小貴族，所以大小其實只比富農的家要好一點點。

「來了，請問是哪位？」

儘管已經離家三年，但來開門的女僕還是沒什麼變。

雖說是女僕，但其實只是從附近的農家過來幫忙的老婆婆，所以才過三年根本看不出什麼變化。

順帶一提，她連女僕裝都沒穿。

雖然我也不太想看超過七十歲的老婆婆穿女僕裝的樣子。

「這不是威德林大人嗎！」

「嗨，海蓮娜，好久不見了。」

仔細想想，比起家人，我小時候還比較常和傭人說話。

因為在將鍛鍊魔法順便獲得的獵物交給他們時，我會隨口和他們稍微聊一下。

「之前來的商隊，有帶來威德林大人的消息喔。」

打倒變成不死族的古代龍，以及將王國附近的魔物領域當成地盤的老屬性龍，並因此獲得許多獎賞和爵位，或是和身為教會有力人士的霍恩海姆樞機主教的孫女訂婚等等。海蓮娜就連我留在王國時參加的武藝大會和決鬥騷動的事情都知道。

該說真不愧是商人嗎？

因為即使這裡是南部的邊境，他們帶來的情報依然相當正確。

「喂，我說海蓮娜啊……喔喔！是威德林大人！」

接著管家羅普斯也出現了。

當然他也沒穿管家服，只是個從農業退休、超過七十歲的老人。

在這裡工作只要會一定程度的讀寫和計算，能輔助父親就行了，並不要求具備太高的能力。

「威德林大人，您長大了呢。」

「羅普斯看起來氣色也不錯。」

「雖然不曉得何時會蒙主寵召就是了。話說回來，聽說您以魔法師的身分立下了極大的功績。威德林大人是我們的驕傲呢。」

由於在離開家前有受到他們的照顧，我盡可能以笑臉應對他們。

不對，這樣講好像我覺得他們很煩似的，但實際上正好相反。

為了讓他們之後也能過著安定的生活，最好還是別繼續誇獎我比較好。

姑且不論父親，科特哥哥讓我不得不這麼認為。

「聽說您還有個漂亮的未婚妻。」

「不愧是王都和布雷希柏格的小姐，大家都長得好漂亮。」

「真期待你們生的孩子。」

羅普斯和海蓮娜都開心地瞇起眼睛，看向艾莉絲她們。因為兩人看起來實在太高興，我實在沒辦法告訴他們我已經是其他家的當家。

「總之真是值得慶賀。」

「既然威德林大人回來了，那鮑麥斯特家也安泰了。」

而且話題還偏向奇怪的方向。

看來他們似乎以為我是在王都立下功績後凱旋回鄉。然後將成為這個鮑麥斯特家的家臣，或是下任當家。

「若威德林大人也能協助開發那些荒地。」

「這裡就會變得更富饒。」

話題逐漸往更加糟糕的方向進展。雖然名主克勞斯之前也曾拜託我繼承這個鮑麥斯特家，但這個問題在我成為名譽貴族建立其他家門時，應該就已經完結了。

雖然那些未開發地名義上的確是鮑麥斯特家的領地，但他們似乎已經認定我是來開發那些完全沒人動過的土地。

反正是超出能力範圍的土地，為什麼不乾脆分給別人或賣掉算了。

儘管我覺得應該是有人在從旁教唆領民，但這點程度的事情，應該誰都想得到。從父親和科特哥哥的角度來看，這應該是個非常讓人不愉快的話題。

「（這話題不太妙……）不，我只是以冒險者的身分來完成委託而已。請幫我通知父親。」

「領主大人嗎？請稍等一下。」

我打斷話題，請他們幫我通知父親。

從屋內現身的父親看起來已經是個老人，白頭髮也變得比以前多。

我記得他今年應該約五十五歲。雖然這世界很多人到這年齡都還繼續工作，但也差不多是該考慮退休的微妙年齡。

「好久不見。」

「好久不見。」

即便已經三年沒有見面，但坦白講我還是不曉得該說什麼。

對方似乎也一樣，我們的對話就這樣中斷了。

「失禮了，鮑麥斯特卿。我們今天來，是想請你接受布雷希洛德藩侯大人的請求。」

「請求啊……」

布蘭塔克先生徹底擺出一副自己只是布雷希洛德藩侯使者的態度，父親在和我交換了一個視線後板起臉。

站在父親的立場，從這世的我出生以來，身為宗主的布雷希洛德藩侯就從來沒替鮑麥斯特家帶來過什麼好事。

就算是上一代的罪，也沒那麼容易想得開。

「父親……！威德林！你怎麼還活著！」

「啊？」

「退下，科特！對方可是鮑麥斯特男爵大人。」

接著進房的長男科特，在看見我後似乎大吃一驚。

不過劈頭就說「你怎麼還活著」也太誇張了吧。

「哥哥，你這是什麼意思？」

「不，那是因為……」

情報的傳遞似乎出了什麼差錯。

父親代替明顯一臉慌張的科特哥哥開始說明。

「中央那裡傳來一些流言。說是鮑麥斯特男爵等人或許已經在探索地下遺跡時喪命。」

情報來源想必就是盧克納財務卿的弟弟。

我們接下第一次的委託進入地下迷宮，是一個月多前的事情。如果不使用「瞬間移動」，情報大概要一個半月左右，才能透過商隊傳到這個偏遠地區。

不過如果是利用能獨自翻山越嶺的高超冒險者傳遞消息，速度當然會提升。所以即使傳出我可能已經死掉的流言也不奇怪。

雖然之後發現其實我還活著，並獲得一大筆錢的消息似乎還沒傳來這裡。

「那消息是什麼時候傳來的？」

「昨天。」

看來時機還真是不巧。

然後，我在看見這次換上明顯露出遺憾表情的科特後就理解了一切。

這個哥哥大概希望我死吧。

雖然他想必是看上了我的財產，不過就算我死了，科特的家人還是連一毛錢都拿不到。

因為我早就留下這樣的遺言。

只是即使看見他的態度，我也沒義務告訴他這件事。

看到了討厭的現實呢……

要是就這樣一輩子都見不到面，就不必知道這種事情了。

坦白講，我甚至快要恨起布雷希洛德藩侯了。

然後，或許是注意到我的心情，布蘭塔克先生對我露出愧疚的表情。

「總之先請進吧。我們也得聽布雷希洛德藩侯有什麼事情。」

發現我明顯露出厭惡的表情後，父親先將這件事放到一邊，為了進行原本的交涉，帶我們進去屋裡。

雖然我已經很久沒回家，但這裡還是一樣完全沒變。

因為是只比富農的家要好一點的房子，看在王都的人眼裡，大概不會認為這裡是貴族家吧。

移動到姑且也被當成接待室的客廳後，我們隔著一張大桌子相對而坐。
父親坐在所謂的主位，科特哥哥坐在他的右手邊。
他左邊的空位，似乎是名主克勞斯的位子。
現在海蓮娜好像已經去克勞斯家叫人過來了。
這次的交涉，是要討論我們必須將百分之多少的成果繳納給鮑麥斯特家，所以才必須叫懂計算的克勞斯過來。
「（威爾的爸爸和哥哥也是這樣啊……）」
「（艾爾的爸爸也是嗎？）」
「（嗯。）」
明明在各方面都對錢很囉唆，但鄉下的小領主不知為何都有怠於學習漢字和計算的傾向。
漢字這種東西，只要交給中央那些玩弄艱澀文章的軟弱傢伙就行了，身為領主，不應該去計算那些小錢……講是這樣講，他們還是把這些工作交給像克勞斯那樣的名主。
明明要是自己也懂就能夠檢查，並防止別人亂來了。
大概是因為自尊心過高，害怕學不成會很丟臉吧。
「（我們家也是都丟給名主處理。）」
艾爾的老家似乎也是相同的狀況。
艾爾本人則是因為必須離開家，所以有好好念書。

其實冒險者的識字率和計算能力意外地高。

有些人是從小就在念書的貴族子弟，或是曾在教會接受過教育的聖職者，就連其他階級出身的人，也會趁有空的時候積極參加公會主辦的講習。

理由是與當地領主有勾結的公會職員，只要一有機會就會對交給冒險者的報酬動手腳，或是在偶爾有緊急委託時，刻意將文件上的條件調低。

如果沒發現，就會變成為了較低的報酬賭上性命。

因為嚴重關係到生活，所以大家都比科特哥哥還要認真學習。

「讓各位久等了。好久不見了，威德林大人。」

過了一會兒，海蓮娜和克勞斯一起現身。

我本來以為他又會像之前那樣說一些奇怪的話，但這次似乎只是打招呼。這反而是他讓人不能掉以輕心的部分。

「那麼，我們開始吧。」

我坐在另一側的主位，而右邊依序是布蘭塔克先生與伊娜，左邊則依序是艾爾、艾莉絲和露易絲。

「那麼，請問布雷希洛德藩侯有什麼請求？」

終於要開始討論了。內容是我們將前往淨化由遠征魔之森的犧牲者們變成的不死族，所以針對過程中獲得的成果，到底要繳納幾成。

「又要我們出兵嗎？」

父親靜靜聆聽，但科特哥哥打斷布蘭塔克先生的說明，以冰冷的聲音對我們進行牽制。

他或許是以為十五年前的慘劇又要重演了。

「不，淨化只由我們來進行。只要有鮑麥斯特男爵在，就能輕易地靠魔法前往現場。就算有兩千隻不死族，和龍比起來依然不算什麼。」

儘管口氣彬彬有禮，但布蘭塔克先生的回答充滿挑釁的意味。

布蘭塔克先生的冒險者經歷非常豐富，科特哥哥的威脅對他來說根本不算什麼。

由於交涉對象終究是身為領主的父親，因此這也是在暗示科特哥哥別隨便插嘴吧。

「說得也是。而且我們這裡還有聖女大人這位淨化的專家呢。」

艾爾也接著陳述自己的意見。

他果然也不太喜歡科特哥哥。

大概是讓他聯想到以前在老家欺負過自己的哥哥吧。

「如果只靠鮑麥斯特男爵大人他們就能進行淨化，那我們這邊也無話可說。即使想派人幫忙帶路，也找不到熟悉那裡環境的人。」

因為在那裡只要一不小心就會沒命，所以根本沒餘力熟悉未開發地的環境。

在那之前，恐怕就會因為心靈創傷而再也不想去未開發地。

即使技巧拙劣，但還是花了五年的時間繪製地圖的我，應該是最熟悉那裡的人。

因為在利用「瞬間移動」製作簡單的地圖後，我還有另外花時間補強內容。

「父親……不對，鮑麥斯特卿。關於淨化的事情，將由我們這裡全權負責。今天要討論的內容，主要是我們在過程中獲得的成果必須繳納幾成。」

這是正式的交涉場面，我和父親都是各自獨立的貴族。

因此我刻意改變說法，稱父親為鮑麥斯特卿。

「成果嗎？」

「是的。首先是兩千名不死族裝備的武器和防具。」

明明是親子，但又不是親子的兩人繼續對話。

不死族會持續裝備生前的武器和防具。

因為十五年來都沒有好好維護，所以除了少部分的裝備，大部分都只能當成廢鐵處理，不過在那當中應該還是有些值錢的東西，或是能夠交給遺族的遺物。

其實布雷希洛德藩侯也有拜託我們盡可能把東西都帶回來，好讓他交給遺族。

「遺物嗎？那的確是很重要。」

「五成。」

「咦？」

某個傢伙突然插嘴說些莫名其妙的話。那個人不是別人，正是科特哥哥。

「威德林，如果不能帶遺物回來應該會很麻煩吧。畢竟這樣你就無法達成冒險者的任務。」

「再怎麼說，五成都太誇張了。」

按照一般的行情，像這種沒有公會的領地，領主通常會規定冒險者必須上繳一到三成的成果。

雖然不是所有人都是如此，但就傾向上來說，愈接近中央的大貴族要求的比例愈低，愈偏遠的地方小領主要求的比例愈高。

大貴族原本就不會對一介冒險者隊伍上繳的金額抱持過剩的期待，反而比較擔心太過貪心會敗壞自己的名聲。不過大貴族的領地內，大多設有冒險者公會的分部，所以實際上連交涉的機會都很少。

反倒是地方的小領主，因為很少有冒險者會來交涉，為了把握難得的機會大賺一筆，無論如何都會有偏高的傾向。

不過五成實在是太誇張了。

「科特大人。」

「雖然這的確是有點高，但你們有什麼意見嗎？」

科特哥哥對責備似的呼喊自己的布蘭塔克先生露出討厭的笑臉。

「（這傢伙……）」

布蘭塔克先生變得面無表情，不過他心裡一定很生氣。

然而也沒有法律規定不能徵收五成。

畢竟在領地內，領主的決定就是法律。

「話說鮑麥斯特卿和克勞斯大人的意見如何？」

儘管不曉得小時候是怎麼樣，但現在科特一定很討厭我。

這麼一來，就算想和他正常對話也是白費力氣。

而且就算胡亂插話，現在的科特也不過是下任當家。

他剛才敢對我出言不遜，應該是因為比起貴族，我現在的立場更接近冒險者，所以他才會認為沒有關係。

既然如此，那我這裡也只能選擇無視科特。

「雖然這只是我個人的意見，但除了能當成遺物的東西以外，徵收三成應該比較適當。」

父親也默默點頭贊成克勞斯的意見。

原來如此，克勞斯果然是個不容小覷的男人。

因為是地方的弱小貴族，所以將上繳的比例訂為偏高的三成。不過在扣掉了能當成遺物的東西後，也算是有顧慮到我們和布雷希洛德藩侯。

既然父親也贊成。那事情就這麼決定了。

還沒有爵位的科特，根本沒有權限插嘴。

「那麼除了遺物以外，都訂為三成。」

對象應該是無法特定所有者的裝備品、遠征軍可能還有剩下的遺留物，以及從在淨化的過程中打倒的魔物身上取得的素材吧。

「要用實物還是其他方法支付？」

「請先在布雷希柏格估價，再支付相當總額三成的現金。」

「我知道了。」

我和父親的對話就像這樣順利進行。

之所以用現金支付，是因為在這種窮鄉僻壤，就算得到三成生鏽的鎧甲或魔物的素材也毫無用處。

「可別偷斤減兩啊。」

「你這傢伙！從剛才開始就在搞什麼啊！」

然後科特再次打斷對話，做出愚蠢的發言，害艾爾難得地生氣了。

儘管艾爾沒有伸手拔劍，但依然起身作勢要走向科特，因此我連忙阻止他。

要是他真的對科特動手，那可是會釀成問題。

我看向布蘭塔克先生，發現他已經放棄維持撲克臉，直接狠狠瞪向科特。

「哼，雖然我不知道你是什麼屠龍英雄，但你的手下都是些小流氓呢。」

雖然科特出言挑釁，但他的腳明顯在發抖。

以他那點程度的實力，根本就不是布蘭塔克先生或艾爾的對手，然而他之所以敢刻意挑釁，是因為知道一旦我們危害身為鮑麥斯特家繼承人的他，事情將會一發不可收拾。不過既然都要挑釁，真希望他的腳別抖得這麼厲害。

坦白講，那實在太難看了。

「科特哥哥！」

然後，眼前的狀況又變得更麻煩。

因為我的另一位哥哥，現在已經入贅分家的赫爾曼哥哥突然衝進客廳。

「我又沒叫你來！」

「為什麼？這樣太奇怪了吧！在岳祖父和岳父的遺物當中，也包含了領民們的遺物啊！」

看來赫爾曼哥哥對科特沒有把自己叫來參與交涉這點，感到非常不滿。

因為是討論遺物的事情，所以入贅後的赫爾曼哥哥站在分家當家的立場，似乎打算要回在遠征中戰死的父親的叔父，亦即前侍從長和他的三個兒子，以及其他從軍的士兵們的遺物。

「鮑麥斯特家派去參加遠征的士兵們的遺物嗎？雖然我們會盡可能收集，但只能之後再請人親眼識別。」

「不，沒這個必要。」

「啊？你剛才說什麼？」

「我說沒這個必要。」

「啊？」

「戰死者的喪禮和供養都已經辦好了。事到如今，哪還需要什麼遺物。」

科特出乎意料的發言，讓布蘭塔克先生忍不住重新再跟他確認了兩次。

無論是冒險者還是軍人，只要在任務現場發現遺體或遺物，都要在能力所及的範圍內帶回來還給遺族，這可是常識。然而，科特居然說沒有必要。

不用說布蘭塔克先生了，就連赫爾曼哥哥也瞬間脹紅了臉。

「（喂，這是怎麼回事？）」

伊娜不知何時來到我身邊，向我詢問理由。

如果我的猜測正確，科特大概是以為如果我們幫忙收集鮑麥斯特家諸侯軍戰死者的遺物，就會從上繳的金額中扣除手續費吧。

我輕聲將自己的推測告訴伊娜。

「（差勁……）」

雖然的確差勁，但對科特來說，死者留下的那些生鏽或髒兮兮的物品，價值應該還比不上一點小錢吧。

如果是布雷希洛德藩侯軍的戰死者，或許還有可能帶著昂貴的武器與飾品，但鮑麥斯特家諸侯軍的成員不可能有這種情況。

……簡單來講，就是這麼回事。

「不過即使已經在沒有遺體的情況下舉辦葬禮並蓋好墳墓。本人的靈魂仍在當地以不死族的狀態徘徊。必須將他們淨化，把遺物還給遺族。這樣他們才終於能夠成佛。」

「這位小姐，遺憾的是，像我們這種貧窮領地，根本就沒有餘裕進行第二次供養。也付不起給聖女大人的高額謝禮。」

「我並不是為了這個目的……」

看來就連艾莉絲也無法接受這樣的狀況。

她難得以強硬的語氣，建議科特將遺物還給遺族，但關鍵的科特依然完全不為所動。

科特似乎姑且也對身為教會大人物孫女的艾莉絲有所顧慮。不過後半的發言，完全是在瞧不起不管拜託他們什麼事，都會吵著要捐獻的教會。

雖然有一部分的確被他說中了，但艾莉絲至今都只有收取淨化本身的報酬，一次也沒接受別人的捐款。

不如說，她還會定期免費替貧窮的人進行淨化。

「科特大人，請你自重，別再說些不負責任的話了。」

坦白講，我是真的希望他能適可而止。

我不禁看向父親的方向，但後者擺出一副「我才不管」的表情。

克勞斯也還是一樣面無表情。

「威德林！你這傢伙！居然對哥哥擺出這種態度！」

「沒錯。在血統上，我的確是科特大人的弟弟。不過在正式的立場上，我是已經獨立的名譽男爵。你不過是區區騎士的繼承人，居然敢對男爵出言不遜。」

「你這傢伙！」

其實我本來不想說這種話，但還是不知不覺就說了出來。

大概是我累積的怒氣已經超過容許範圍，所以真的生氣了。

他不僅把艾爾當成小流氓，還把艾莉絲當成愛錢的腐敗聖職者。

要是繼續保持沉默，會有損我身為貴族的面子。

既然家臣和未婚妻被人瞧不起，那我應該有權利回嘴。面對我挑釁的發言，布蘭塔克先生、父親和赫爾曼哥哥，都忘了剛才的憤怒啞口無言。

「真要說起來，我們交涉的對象是鮑麥斯特卿。你有什麼資格在這裡大放厥詞？最後甚至還把別人的侍從長和未婚妻，當成小流氓和市儈的聖職者對待。」

雖然我還有其他話想說，但要是繼續講下去，事情或許會變得無法收拾。

尤其是不懂計算和漢字這部分，父親也是一樣。

要是針對這點攻擊，狀況可能會變得更麻煩，所以我放棄繼續辱罵。

「（威爾該不會是因為前陣子的事情，累積了不少壓力吧？）」

「（是這樣嗎？）」

大概是擔心我會失控吧？

露易絲也在不知何時拉住我的手臂制止我。

「（不過真是過分的哥哥呢……）」

「（我現在知道了。）」

不如說，除非我在離開家後過著窮途潦倒的生活，科特才有辦法維持自己的自尊。然而，他自己卻沒有付出任何努力。

父親也跟他是同類，到現在還完全不懂漢字與計算。

雖然我一開始就會這些東西，但我前世還是有用功到足以考上大學的程度。

就連來到這個世界後，也從來沒在魔法特訓中偷懶過。

此外如果真的想改善領地的生活，那一般為了將來著想，至少會開始派人去未開發地製作地圖。

畢竟就連我，都曾為了正確地靠「瞬間移動」移動，而花了五年以上的時間製作地圖。

能夠繼承父親的爵位和領地的科特，原本在立場上就比較安定，就算他本人無能，也只要安分地過日子就好，然而一旦被離開家獨立的弟弟們超越，他就會感到不甘心，並在實際與弟弟見面時口出惡言。

等下次去王都時，應該要向埃里希哥哥他們報告這件事。

因為就算見面也只會鬧得不愉快，所以還是盡量別回家比較好。

「等完成委託後，我們會再回來這裡一次。到時候我們會篩選出鮑麥斯特家與布雷希洛德藩侯家雙方的遺物，剩下的物品在變賣後，我們會上繳其中的三成。」

我已經不想再繼續待在這裡。不管說什麼，科特都會找碴。

既然條件已經定好了，就應該快點去工作。

因為是男人之間的協商，所以我還沒見到母親和大嫂，但科特應該也不會讓我長時間留在這裡。

雖然遺憾，但繼續留在這裡只會為雙方帶來不幸，因此我立刻起身離開這裡。

「威德林大人。你今天不住下來嗎？」

「不，我們是冒險者，所以還是露宿吧。」

如果要淨化不死族，最好是在太陽出來後就馬上開始比較有效率。

現在是白天，所以我打算到魔之森附近露宿。

身為冒險者的我們早就做好這樣的準備，因為若連露宿都辦不到，那根本就稱不上冒險者。

「難得回來一趟，至少住一晚也好。」

雖然早點起床，然後用瞬間移動的魔法飛到那裡也是一樣，但聽了科特剛才那些話，還能若無其事地如此提議的克勞斯，就某方面來說也真的是很厲害。

「不過……」

「既然要處理重要的工作，那還是先做好萬全的準備比較妥當。如果不是這棟房子，而是留宿赫爾曼大人家，應該就沒問題了吧。」

克勞斯說的也有道理。

而且要是當家的兒子回鄉後，連一晚都沒住就離開領地，可是會有損鮑麥斯特家的面子。

會主動提醒我這件事的克勞斯，果然是個不能大意的傢伙。

「赫爾曼大人，這樣可以嗎？」

「嗯……」

在看見我們和科特吵架後，赫爾曼哥哥就變得啞口無言，但在克勞斯的呼喚下，他總算回過神來。

「雙方還是都先冷靜一下比較好。」

雖然覺得是我們這邊先被人找碴，但要是這時候隨便反駁，科特又會繼續大鬧，浪費大家的時間。

我們默默地點頭。

「鮑麥斯特卿，今天就麻煩赫爾曼大人照顧了。」

「雖然沒辦法盛大地招待各位。赫爾曼，交給你了。」

「是的。」

交涉總算順利結束。

儘管說順利也有點微妙，但既然已經談好上繳金額，那也算是有收穫。

即使是沒什麼往來的家人，但還是讓艾爾他們看見不得了的醜態。總之最後留下了不太好的經驗。

此外我同時也體認到，這個家對我來說果然已經完全是別人家了。

「對不起。」

「赫爾曼哥哥不需要道歉吧。」

「科特哥哥這兩三年變得有點奇怪。」

離開鮑麥斯特家的宅第後，我們在赫爾曼哥哥的帶領下前往他家。

那是個代代擔任侍從長的家族，同樣擁有鮑麥斯特的家名，我聽說前任當家是我們祖父的弟弟。

然而前任當家，在之前那場魔之森的遠征中，和三個兒子一起戰死。

三人好像都只有留下女兒，所以最後長男的大女兒，在讓赫爾曼哥哥入贅後繼承了家門。

赫爾曼哥哥邊向我以外的成員自我介紹邊進行說明，大家都露出有點無法接受的表情。

這也難怪。

即使是自己的家臣，但我們家還是讓親戚家的男丁全部出征，並害他們全滅。

而且還讓本家的次男入贅，繼承他們的家門。

這應該會讓人覺得是有人在背後操縱吧。

「我知道你們想說什麼。」

姑且不論長男科特，眼前的赫爾曼哥哥在遠征當時，應該也已經差不多十八歲了。

然而本家沒派出任何人從軍。

簡直就像是因為事先就知道會全滅，才刻意不派人參戰。

然後讓過多的兒子，入贅到男丁全滅的分家，藉此奪取別人的家門。

不管是陰謀論還是事實，至少在這種狀況下，就算被人懷疑也是無可奈何。

「父親大概是覺得危險，才不讓本家的孩子參與遠征。至於分家，他應該是覺得至少會有一個人回來吧？」
「就算是這樣……」
「沒錯，你是叫艾爾文吧。拜此之賜，我剛新婚時可是如坐針氈呢。」
看在分家的人眼裡，赫爾曼哥哥根本就是父親派來搶奪家門的偵察兵。因此他應該過得非常辛苦。
「你是怎麼和他們混熟的？」
「很簡單。成為分家的人，比起本家的利益，更加重視分家的利益。」
剛才要求交出鮑麥斯特家遺物的舉動，確實是以分家的利益為優先。
因為分家應該也想要回戰死的前任當家與其兒子們的遺物。
「結果那傢伙居然因為心疼給威爾你們的手續費而拒絕了。」
「反正我們會盡可能全部撿回來再分類，並不會費多少工夫。」
只要把撿到的東西都放進魔法袋就好，和其他冒險者不同，不需要擔心行李太重。
「他是擔心你們利用這點交涉，降低上繳金額的比例吧。」
「真小氣！」
「他的確就像小姐妳說得那樣小氣。」
赫爾曼哥哥完全沒否定露易絲率直的感想。
「然後，這裡就是我擔任當家的鮑麥斯特分家的房子。」

就外表來看，感覺比本家稍微小一點，外觀也稍微舊了一點。

大概是顧慮本家的房子吧。

明明就連本家的房子都只比富農家要好一點，卻還必須顧慮這種事情，可見赫爾曼哥哥平常有多麼辛苦。

「我回來了。」

「老爺，您回來啦。」

和本家一樣，一位將近七十歲的老人出來迎接。

果然這裡既沒有足夠的人事費，也沒有能讓員工居住的空間，所以分家的傭人主要也都是住在附近、從農業退休的老人。

「瑪琳呢？告訴她有客人，請她出來一下。」

「來了，我在這裡。」

這房子並沒有多大，赫爾曼哥哥的妻子馬上就出來露臉了。

年齡看起來是二十來歲。

也許因為是親戚，她的髮色和我們一樣都是褐色，五官感覺也有點相似。

「哎呀，是傳說中的屠龍英雄啊。好久不見。」

話說回來，雖然她算是我的再從姊，但我不記得自己有見過她。

不對，印象中在科特和赫爾曼哥哥的婚禮上，我們曾經見過兩次面。

只是若變得親暱，或許會牽扯上麻煩的繼承問題，所以她都會盡量迴避我。

我們就只有一次在父親的介紹下，互相打過招呼。

在婚禮期間，我也只顧著吃眼前的餐點。

「沒錯。就是被科特哥哥極度敵視的那位。」

「那個笨蛋都這麼大的人了，還這麼沒度量。」

雖然從外表看不出來她講話這麼粗魯，但二嫂不斷辱罵科特。

即使都是親戚，但考慮到至今發生的事情，我也能理解大家的感情為何不好。

「那個，像這樣在背後說下任當家的壞話沒關係嗎？」

「沒關係啦。我有時候還會直接對本人說呢。」

伊娜表情僵硬地提問，瑪琳二嫂乾脆地回答。

站在她的立場，本家的人都是祖父、父親和叔叔們的仇人。

而分家的人們對此也是採取同樣意見。

雖然大致想像得到，但包含可疑名主克勞斯的事情在內，我慢慢懷疑這塊領地究竟能不能繼續維持下去了。

「我很歡迎客人。特別是曾經和那個科特吵過架的人。而且這個村子平常真的不會有客人來。」

「的確……」

我以前住在這裡時見過的外地人，就只有商隊的那些人。

因此客人基本上在這個領地很受歡迎。

大家都渴望獲得外面的情報，所以非常想和客人聊天。

「各位請進。」

我們在瑪琳二嫂的帶領下走進屋內，發現這裡和外表不同，整理得比本家的房子還要乾淨。

儘管外面因為怕本家囉唆而維持簡陋，但配合內部構造打造的裝潢也非常漂亮。

大概是赫爾曼哥哥和分家的女性們一起整理的吧。

前任侍從長的妻子、戰死的三個兒子的妻子，以及我的再從姊們——瑪琳二嫂和她的幾個妹妹，就是這個分家的所有女性。

剩下的男性，也就是以赫爾曼哥哥為首的女婿們，似乎都沒什麼事情可以做。

這個家似乎完全是由女性在主導。然後，她們也統率著反對本家的勢力。

赫爾曼哥哥原本就對老家沒什麼留戀，所以很快就適應這個家，變成反對本家的人之一。

不如說除了科特以外，除非是特別嚴重的被虐狂，否則只要在那種家庭環境成長，都一定會變成這樣。

以上就是我們被帶到客廳喝茶時，對這個鮑麥斯特分家的第一印象。

「（表面上明明是侍從家的家系兼親戚，私底下卻反對本家啊……）我們應該不是第一次見面吧？我是威德林。」

「好幾年以前，我有看見你早上出門的樣子。」

我率先打招呼，接著大家各自開始自我介紹。

以瑪琳二嫂為首的分家的人，似乎曾經看過我小時候外出進行魔法修行的身影。不過她們從來沒向我搭話。

因為分家完全沒隱藏自己反對本家的立場，所以知道和我接觸有多麼危險吧。

現在我已經是其他家的人，所以就沒什麼關係。

而且在立場上，我們現在比較像是造訪這個領地的冒險者。

既然不能住在本家，那就有必要由分家來照顧。

這是鮑麥斯特騎士領地的面子問題。

「而且讓即將前往回收爺爺和爸爸遺物的冒險者們住一晚，對有常識的人來說是理所當然的吧。」

說著說著，瑪琳二嫂瞄了一眼本家的方向。

她大概正在內心譴責愚蠢的科特，以及老了以後便無法制止科特的父親吧。

「所以布蘭塔克先生也別再不高興了。」

瑪琳二嫂看著至今依然掛著恐怖表情的布蘭塔克先生說道，同時端出另一個裝了不同液體的杯子。

「呃，不好意思。我好久沒這麼生氣了。喔，這是蜂蜜酒啊。」

「是我們家特製的。」

布蘭塔克先生在收到自製的蜂蜜酒後，總算恢復了心情。

「味道不錯呢。」

「因為是我們家祕傳的口味。」

坦白講我很驚訝。

沒想到在這個平常只能吃黑色的硬麵包和沒味道的湯的領地，居然會有蜂蜜酒這種奢侈品。

「我說啊，威爾。奇怪的是我們的老家喔。」

按照赫爾曼哥哥的說法，不管是哪個家——至少在這個擔任侍從長的分家，其實平常吃的東西還滿正常的。他入贅後才第一次知道這件事。

「是這樣嗎？」

「我們家雖然也有在注意節儉，但飯還是會正常吃。」

雖然主食是農作物，但畢竟是代代擔任侍從長的家系，所以也會進行狩獵和採集。

基於分家的教育方針，瑪琳二嫂她們都會使用弓箭，製作陷阱也是必修的課程之一。

本家主要是因為面子問題，才會認為「不應該讓女孩子拿弓」。

此外雖然規模不大，但他們也有透過養蜂獲取蜂蜜，並以此為材料製造蜂蜜酒。布蘭塔克先生現在要求續杯的東西，就是其成果。

「聽你這麼說我就放心了。我本來以為又要吃那些東西。」

「因為我們家的女性比較多。所以會準備比較正式的料理啦。至於本家的情況，可以說是半強制地要求節儉。」

大概是因為有必須盡可能儲蓄多一點現金這個明確的目標吧。

否則應該也不會一開始就要求五成的稅金。

分家這裡似乎認為如果過得那麼艱苦，只會讓每天的生活變得喘不過氣，所以採取比較普通的方針。

「距離吃晚餐還有點時間，你們先慢慢坐吧。」

話雖如此，畢竟難得有知道外面世界的客人來。

艾莉絲等三名女性被瑪琳二嫂她們抓住，追根究柢地問了許多王都的流行資訊，艾爾和布蘭塔克先生，也被女婿們問了王都的情報和冒險者這行的狀況。

至於我……

「好厲害！真的有屠龍英雄耶！」

「原來你真的是爸爸的弟弟啊。」

則是被包含赫爾曼哥哥的孩子們在內的許多分家小孩團團包圍。

不過，小孩子的眼睛真的是非常純粹又漂亮。

我從二十五歲開始附身在這個世界的威德林身上，然後度過約十年的歲月。

對合計已經超過三十五歲、內心早就變得污穢的我來說，他們實在是令人炫目的存在。

「里昂，爸爸本來就不會說謊。」

年紀最大的里昂今年七歲，他是赫爾曼哥哥的長男，也是這個家的繼承人。

此外他還有個今年四歲、叫克萊拉的妹妹，後者以純真的眼神凝視著我。

「我也當叔叔啦。」

「不，威爾從八歲的時候開始就已經是了吧。」

其實我以前就知道赫爾曼哥哥有兩個小孩，但當時還不曉得他們的年齡、性別和名字。

因為感覺光是和他們見面，或是不小心太疼他們，就會被父親找麻煩。

「仔細想想，至今都沒有和你們接觸應該是正確的。特別是在看過科特哥哥剛才的態度後。」

畢竟是那個男人，他可能會認為我想討好侍從長的繼承人，藉此奪取老家。

「是這樣沒錯。不過，事到如今也沒差了吧。」

現在的確已經都無所謂了。就讓他疑神疑鬼、擔驚受怕好了。

抱著這樣的想法，我開始接連從魔法袋裡拿出給孩子們的土產。

難得回老家一趟，我本來連給亞美莉大嫂和她小孩的分都準備好了。

要是現在交給他們，可能會害她被科特責備，所以至今仍收在魔法袋裡。

「這個魔法袋，什麼東西都拿得出來呢。」

「如果沒先放進去，就拿不出來啦。」

我邊說明邊拿出在王都事先購買的點心和桌遊等玩具，依序交給里昂等人。

雖然對象是孩子，但身為貴族，還是連送土產的順序都要小心。

里昂是這個分家的繼承人。除了妹妹克萊拉以外，其他孩子都是已經嫁出去的瑪琳二嫂的妹妹或堂妹們的小孩，因此必須好好按照順序發送。

話說回來，德川家光小時候好像也有過類似的軼事。

「謝謝您，威德林叔叔。」

雖然我才十五歲就被用這種傷人的方式稱呼，但這在這個世界並不稀奇。

大家都很早婚，所以年紀差距很大的兄弟也很多，最後無論如何都會變成這樣。

「我想聽討伐龍的故事！」

「我也想聽！」

反正還有時間，我也不想再想起科特的事情。

因此我開始說討伐龍的故事給孩子們聽。

孩子們一面舔著土產的糖，一面認真地聽我說故事。

看見這樣的場景，讓我久違地覺得內心被洗淨了。

我大概說了約一個小時吧？

雖然孩子們還想繼續聽，我也因為還有時間而答應，但此時出現了一位出乎意料的人物。

「不愧是鮑麥斯特男爵大人。連赫爾曼大人的孩子都這麼喜歡您。」

「克勞斯……」

對科特來說，光是讓我和分家在一起就已經夠危險了，結果名主克勞斯居然也現身了。

「那個……瑪琳二嫂？」

「他好像有事想拜託你，所以就硬闖進來了……」

因為分家是站在反對本家的立場，所以他們也不打算干涉曾說過要協助我當上下任當家，並在背地裡做出可疑行動的克勞斯。

從分家的角度來看，讓克勞斯和本家的關係惡化，反而對他們有利。

「有事拜託我？」

「是的，雖然是有點偏離冒險者性質的工作，但絕對不是什麼危險的事情。」

我在心裡暗忖，要如何應付這個突然跑來委託我們工作的可疑名主克勞斯。

久違的回鄉，以及隨之而來的各種糾紛，才正要開始。

第五話　克勞斯再臨

「結果你還是接受啦。」

「那傢伙居然用那種令人無法拒絕的說法……」

「雖然是有點不像冒險者的工作，但不僅能幫助大家，同時也有利可圖。不過他真擅長找理由呢。」

「就那傢伙的情況，前提是背後沒有什麼可怕的內情。」

「不可能吧？他好像就是那種人。」

在討論如何分配於魔之森進行淨化的過程中獲得的成果時，我們和科特徹底決裂。

我並沒有找對方的麻煩。

只是對方完全不隱藏討厭我的心情。

雖然他對我們說了許多失禮的話，但據布蘭塔克先生所言，那似乎還不到必須處罰的程度。

「因為小子是以冒險者的身分來到這裡。」

不過這樣他應該會被大家認為是沒有常識又不會看氣氛的貴族吧。

只不過很少離開領地的科特，應該不會在意別人的評價。

話說繼承爵位後，他打算怎麼辦？

至少我絕對不會關照他。

他就靠他小氣存來的錢，隨便找個地方住好了。

反正他就是為了這個目的才拚命存錢。

結果因為父親和克勞斯在，交涉還是順利完成了。

就在我們處理完事情離開本家後，克勞斯提出希望我們能在領內留宿一晚的要求。

明明交涉已經順利結束，要是我們立刻就離開領地，對外可能會造成問題。

話雖如此，在這個連旅館都沒有的偏遠地區，實在沒幾個地方能住。

包含我在內的所有人，都不喜歡最有可能讓人留宿的本家。

因為釀起紛爭的罪魁禍首科特就住在那裡。

連個性溫柔敦厚的艾莉絲都討厭科特，所以這也是理所當然。

不過克勞斯才不會這樣就乾脆放棄。他建議我們去繼承分家的赫爾曼哥哥的家住。

姑且不論本人的想法，我終究是為鮑麥斯特騎士爵家的繼承帶來騷動的根源，即使赫爾曼哥哥已經入贅分家，但在魔之森的遠征事件後，那裡可是統率了所有反對本家的勢力，結果克勞斯居然要我去住那裡。

這樣不僅會刺激科特，父親也沒辦法提出反對。

克勞斯果然是個麻煩人物。比那個盧克納財務卿的弟弟要來得棘手多了。

在這樣的背景下，我們前往分家的宅第，赫爾曼哥哥的妻子，同時也是分家實質領導人的瑪琳二嫂，遠遠超出我們的預測。

因為她毫不隱瞞地直接批判科特和本家。

特別是科特那些不需要遺物的發言，更是讓她氣得破口大罵。

從她的角度來看，覺得自己的祖父、父親和叔叔們的遺物不重要的科特，別說是貴族了，甚至沒資格當人。

他們的遺物幾乎沒有財產上的價值。

對只在意錢的科特來說，那些東西連付回收的手續費都不夠，所以他才認為那些是沒必要的東西。

他大概以為我們會要求龐大的手續費吧。

這樣的發言一旦傳到分家的人耳裡，當然會被他們批判。

坦白講，我開始懷疑讓科特擔任下任當家，是不是真的沒問題了。

不過，我沒有插嘴的權利。

我將原本是要給亞美莉大嫂和她小孩的土產，送給了分家的孩子們，並應他們的要求開始講討伐龍的故事。

比起思考科特的事情，還是把時間花在這些事情上，對精神衛生比較好。

然而，那個棘手的男人又出現了。

在之前交涉時，別說是犯錯了，甚至還可恨地在適當的時機提供協助的克勞斯現身了。

不過他居然敢一臉若無其事地出現在立場明顯與本家相左的分家面前，要求和我見面。

這傢伙果然是個老狐狸。

「那麼，你有什麼事？」

「是這樣的……」

克勞斯連茶都不喝，直接進入工作的話題。

「我希望您能辦一場市集。」

克勞斯拜託我在領內販賣商品。

「賣什麼都行。不管是衣服、飾品，還是調味料都好。因為領民們實在很缺娛樂。」

因為擁有寬廣的田地，所以充當主食的小麥能夠自給自足，蔬菜也同樣能靠種田自行取得，肉就靠狩獵，河川、水道或沼澤裡也抓得到淡水魚。

雖然又腥又不怎麼好吃。

此外還能採得到山菜與自然生長的水果，或是像分家那樣採集蜂蜜，所以領民們基本上都不用擔心餓肚子。

然而鹽卻是壓倒性地不足，就只有這樣東西無論如何都得用買的。

不巧的是，我以前調查的時候也沒發現岩鹽。

因為這一帶以前並不是海。

「請您想想看。那種規模的商隊，要帶將近八百人份的物資。」

而且一年還只來三次。

實際上考慮到必須往返山路，要他們來四次根本就是不可能的事情。

而且他們能帶來的商品有限。

總之必須以鹽為優先，其他東西都只帶少量。

不過也不能因為這樣就抱怨商隊的那些人。

雖然行情比王都或布雷希柏格略高，但他們應該還是虧損。

他們的利益，應該完全是來自布雷希洛德藩侯的補助金。

「坦白講，真虧布雷希洛德藩侯大人還沒停止援助呢。」

「是因為遠征的事情吧。」

反正對象是克勞斯，而且這件事在領內早就是公開的祕密，根本沒人不知道。

因此我直接挑明了商隊來這裡的背後理由。

「不過考慮到成本……這對布雷希洛德藩侯大人來說應該也是很大的負擔……」

雖然以布雷希洛德藩侯家的財政規模來說，應該不是多大的負擔，但還是讓人懷疑能夠再持續幾年？

等鮑麥斯特領地的人口完全回復，並填補完之前計算的損害額後，布雷希洛德藩侯可能就會停止。

另一個中止的可能，就是當家換人的時候。

即使沒有中止，也可能會改成商隊能夠獲益的狀況。

一旦變成那樣，商品的價格應該會上漲不少。

畢竟對他們來說，這並不是慈善事業。

「在這個情況下，已經不是布雷希洛德藩侯大人的地位比較高、有沒有欠我們人情，或是大貴族傲不傲慢的問題。」

克勞斯的言外之意，一定就是科特的存在。

因為埃里希哥哥的事情，科特在一開始就給了布雷希洛德藩侯不好的印象，而他之後又因為禮金事件惹惱了布雷希洛德藩侯，讓雙方的關係變得更加惡劣。

雖然因為兩人從來沒見過面，所以交情也談不上好或不好。

但這樣的狀態，讓以克勞斯為首的領民們感到不安。

要是科特成為下任當家後，商隊帶來的東西也跟著漲價怎麼辦？

在最糟糕的情況，布雷希洛德藩侯或許會停止派遣商隊。

「一旦沒有鹽，這塊領地就完蛋了。」

「以前是怎麼解決的？」

以前似乎是由鮑麥斯特家的人或名主的家人領頭，帶幾個人到布雷希柏格採購。

將在領地內收集的毛皮和草藥帶去賣，再用那筆錢買鹽回來，這種方法非常辛苦。

「而且這種方法，只有在領地內的人口是現在的一半時才能成立。」

如果人口增加，帶的行李就必須跟著增加，這麼一來就換務農的人手變得不夠。

就在大家困擾的時候，身為宗主的前任布雷希洛德藩侯，開始每年派商隊過來兩次，在遠征後，則是為了賠罪增加到三次，這就是背後的真相。

「基於對未來的不安，領民們開始想要儲備鹽巴……」

不過即使商隊每年來的次數增加到三次，領民們儲備的鹽也沒有因此變多。

一年三次，換句話說就是一次要買四個月的分，畢竟是每天都要用的東西，考慮到一個家庭四個月使用的分量，商隊當然只能提供勉強夠用的量。

因為在遠征前，人口就已經開始逐漸增加。

而現在也正慢慢回到遠征前的水準。

因此就只有鹽這項商品，每個家庭都只能依照家裡的人數，購買事先規定好的分量。

即使勉強商隊多賣一點給自己，也只會壓縮其他家購買的量，何況原本庫存就沒那麼多，所以這個方法也不可行。

而要是久久才來一次的商隊只帶鹽過來，領民們也會感到不滿。

就算數量不多，還是必須摻雜一些能讓人感覺到外面世界的產物。

當然，鹽的搭載量也會跟著減少。

「一旦增加貨物量，人手就必須跟著增加，這樣布雷希洛德藩侯的負擔也會變大。所以鹽的供給量應該這樣就是極限了。」

來回需要三個月的時間，而且這段期間都要一直帶著貨物走山路。

雖然那裡是飛龍的棲息地，但商隊平常使用的山路似乎很少遇到牠們，相對地必須時時警戒熊或狼出現。

即使募集人手，也不能保證找得到人。

若將必須支付的費用一起列入考慮，就會得到不可能再擴大商隊規模的結論。

「若威德林大人打算將據點設在布雷希柏格，就算一個月一次也好。希望您能賣東西給領民。」

「別強人所難了……」

我的意思並不是實際上辦不到。

只要把東西裝進魔法袋再用「瞬間移動」飛過來就行了，所以不如說這個委託還算是簡單。

不過這和冒險者的工作微妙地不同，要是做出這種事，只會讓科特變得愈來愈固執。

「關於科特大人，我會設法說服他。要是領民們的不安在能自由購物後消散，那對科特大人也有利。我也已經取得亞瑟大人的許可。」

「已經得到許可了？（我說科特，你不是一直待在父親的旁邊嗎……）」

眼前這個老人實在太狡猾，讓我更加擔心這塊領地的未來。

「我不會要您免費發送或賣得便宜一點。不如說請您千萬別這麼做。就算是賣得比布雷希柏格的行情貴一點，讓您能藉此賺到錢也無所謂。」

坦白講，就算把價錢設定得和布雷希柏格一樣，我也是能賺到錢。

因為其他商人如果不用「瞬間移動」，往返就需要三個月的路程，我只要一瞬間就能跨越。

載貨的馬車，我也能用魔法袋來代替。

至於進貨，只要去商業公會登記並繳納會費，應該就能便宜不少。

因為這樣能夠削減商隊的經費，所以如果布雷希洛德藩侯知道這件事，他應該會樂於提供援助吧。

克勞斯還是一樣擅長看穿別人的慾望。

「我還以為你會要我負責進貨，然後在領內開一間店呢。」

明明要是他有提出這個條件，並建議讓我的異母兄姊們經營，我就能輕鬆地反駁他了。

然而這個男人可怕的地方，就是他絕對不會做這種事。

克勞斯明知道我不信任他，但還是擺出不怎麼在意的態度。

「如果要正式開店，就必須向亞瑟大人提出申請和辦理手續，讓事情變得很麻煩。」

「最大的問題，還是會讓科特哥哥的不滿超過限度吧？雖然是定期，但如果只是商隊，那你還能用領民的利益來說服他。」

「是的，您說得沒錯。總而言之，能請您先試辦一次看看嗎？」

「嗯——艾莉絲，妳覺得如何？」

由於最主要的理由還是為了領民，讓我很難拒絕。

事到如今，就算讓科特變得更討厭我也沒什麼差別，考慮到領民們住在偏遠地區的辛勞，我也無法隨便拒絕。

我之所以會猶豫，應該是受到我的內在是日本人的影響吧，畢竟即使放眼世界，也很難找到像日本人這麼爛好人的民族。

所以我決定徵詢將成為我正妻的艾莉絲的意見。

她畢竟是那個霍恩海姆樞機主教的孫女，所以偶爾會提出非常棒的意見。

「僅限於這次，我覺得可以接受這個委託。」

簡單來講，就是她認為領民們是無辜的。

或許這點就是她被人稱做聖女的原因。

而且這基本上是件好事，不必擔心會有損我的名聲——艾莉絲又補充了這樣的意見。

「我也覺得可以試試看。」

「既是做好事又能賺到錢。我覺得還不錯。」

伊娜和露易絲似乎也贊成艾莉絲的意見。

「艾爾呢？」

「你來一下……」

艾爾把我叫到房間角落，小聲對著我的耳邊說道：

「（為了安全起見，還是接受吧。）」

按照艾爾的說法，現在的科特已經是不管做出什麼事都不奇怪的狀態。

因為他連布雷希洛德藩侯的代理人布蘭塔克先生和霍恩海姆樞機主教的孫女艾莉絲都敢挑釁，所以我也是這麼覺得。

「（即使威爾是厲害的魔法師，暗殺的手段還是要多少有多少。）」

例如在食物裡下毒，或是在箭上塗能令人致死的毒藥，這樣即使只是被箭擦傷，也能立即取我性命。

而且科特也有能力這麼做。

「（那個男人，雖然猛一看給人被所有領民放棄的印象，但我們並不清楚詳情。不管是什麼樣的笨蛋，都一定會有瘋狂的信徒。而且你的父親也還沒捨棄他，或許會有部下願意接受他的奇怪命令。）」

是指前陣子從埃里希哥哥那裡聽來的，由初期移民者的子孫構成的主村居民吧？

他們是一群非常保守的人，也是支持科特的基礎。

如果是他們，或許會把我視為擾亂長子繼承秩序的反叛者。

「（所以還是藉由賣東西，賣一點人情給領民們吧。）」

這樣即使科特有什麼企圖，領民們也可能會幫我們妨礙他。

另一個優點就是在這些領民的監視下，科特他們的行動也會受到限制。

「（這可能性的確不低。）」

艾爾終究是以負責保護我的人的立場陳述意見。

「（反正無論如何，在完成委託前，我們都不得不繼續和這塊領地扯上關係。）」

在完成魔之森的委託後，我們也必須為了分類遺物，繼續留在這裡幾天。

最後應該也是由我們負責帶要上繳的錢回來。

「（我知道了。那就接受吧。）」

就這樣，我們在吃晚餐前的短暫時間答應克勞斯的委託，決定辦一場市集。

「老公。」

「要我幫忙對吧。我知道了。」

「（赫爾曼哥哥完全被老婆吃得死死的……）」

「（威爾。那個分家的男人們，基本上都是這樣。）」

我們就這樣開辦了一場市集，但只靠我們五個人終究還是人手不足。

布蘭塔克先生原本也被我們當成戰力之一，但喜歡上蜂蜜酒的他在和瑪琳二嫂交涉後，把能買的存貨都買了回去，接著就不曉得跑到哪兒去了。

這時候就輪到赫爾曼哥哥和分家的女婿們登場了。

可悲的是，不適用這個世界男尊女卑原則的他們，在瑪琳二嫂的命令下，於主村和剩下兩個村落之間的廣場鋪上草席，擺放我從魔法袋裡拿出來的物品，並負責在事先帶來的木牌上一一標記價格。

所有的小孩也都跑來幫忙。等市集開始後，他們似乎會幫忙顧店。

一看見這樣的光景，就讓我想起前世還是孩子的時候，曾經在自治會舉辦的夏日祭典幫忙擺攤的回憶。

甚至讓我萌生下次來做麥芽糖的想法。

「明明事先沒有做準備，但量還滿多的呢。」

「這都是多虧了魔法袋。」

因為不管什麼東西都能大量存放，所以經常什麼東西都直接放進去。

而且只要放進去，就暫時不用擔心房間或倉庫會變得一團亂。

赫爾曼哥哥見狀，像是看到魔術師般感到佩服。

草席上面擺了大量的壺，裡面裝著我小時候用魔法製造的鹽。由於是主要的商品，因此我們大概放了一百個裝了十公斤鹽巴的壺。

此外還有砂糖和美乃滋等調味料、胡椒等辛香料，以及萊姆酒和麥酒等酒類。

雖然我以前都是自己做美乃滋，但後來嫌麻煩，就把食譜和製作方法賣給王都的商會。

拜此之賜，那間商會定期會送商品過來給我。

因為後來商品大賣似乎讓他們很感激，所以每個月都會送來分量驚人的美乃滋，坦白講我覺得有點麻煩。

其他貴族和商人，在知道艾莉絲的興趣是做點心和裁縫後，也送了大量的點心材料、道具、裁縫道具與布料過來，在知道我和露易絲的興趣是吃美味的點心後，也送了各式各樣的點心過來。

此外伊娜有空的時候喜歡看書，在知道我也一樣後，那些商人又送了各式各樣的書過來，因為家裡的倉庫都快裝不下了，所以我全都收進魔法袋裡，幸好我還有這個袋子。

當然，我也把那些東西都拿了一點出來，當成商品擺設。

「把別人送的東西拿來賣沒關係嗎？」

「我已經寫了感謝函，也送了回禮。而且反正我們也用不完。」

特別是點心類最危險。

要是全部吃完，一定會得痛風或糖尿病。

在把大家知道我平常有在射箭後送的大量箭矢擺好後，準備就結束了。

雖然狩獵時需要用到很多箭，但這裡的領民大多都是自己製作，所以我覺得他們或許會需要由王都的一流工匠製作的箭矢。

儘管其他還有很多東西，但因為種類實在太多，我又懶得一一標價，所以就先隨便放著。

反正我大概知道行情，所以總會有辦法。

雖然不能保證賣得出去，但就算滯銷，只要有開市集，就算是達成克勞斯的委託。

「感謝您提供這麼豐富的商品。」

「話說你會確實履行和父親訂好的條件吧。」

「是的。這是當然。」

販賣盈餘的兩成，必須當成稅金繳納。

這是我們在這場市集中必須負擔的義務。

換句話說，只要沒有盈餘，就不需要繳稅。

科特一開始似乎要我們繳納三成的盈餘。

這讓我稍微有點後悔，早知道就別答應這個委託。

明明連往返要花三個月時間的商隊都不用繳稅，沒想到科特在聽說我們要做生意後，就萌生了奇怪的慾望。

當然，在克勞斯的說服下，這個提議最後還是被撤回。

「反正他也不會計算稅金……」

因為前陣子被當成小流氓，所以艾爾似乎已經徹底討厭科特。

既不識字，又不懂計算的科特，只有惹人厭這點比人強，艾爾將他當成比小孩子還不如的存在瞧不起他。

「交涉已經順利成立。所以我剛才已經先在整個領地繞了一圈，向大家宣傳了。」

或許就是因為如此。

領民們開始帶著家人，逐漸從領地內朝這裡聚集。

「這人數會不會太多了？」

「除了有緊急工作的人以外，所有人應該都來了。等工作結束後，那些人應該也會過來。」

克勞斯如此回答驚訝的伊娜。

幾乎所有人，都是只跟商隊買過東西的人。

這些人都帶著持續存到今天的錢，以及閃閃發光的眼神來到這裡。

「大家都有錢嗎？」

「也不是沒有。」

由於大家平常都過著將小麥、草藥、和特殊的動物素材賣掉，只按照規定購買一定數量的鹽和少量嗜好品的生活，因此即使現金收入比外地的人少，但也並非沒有儲蓄。

吃的東西，只要靠自給自足或和其他領民交換就好。

再來就是偶爾和鐵匠購買農務用具，或是向工匠購買基本的生活用品，所以平常其實花不到什麼錢。

「大家只留下要拿來繳稅和食用的小麥，剩下全部賣掉，像這樣一點一點地存了好幾年的錢。」

「原來如此。」

「這裡這麼鄉下啊。」

克勞斯向露易絲說明領民們的財務狀況。

「那麼，差不多該開始了。」

等市集終於開始，所有人都飛也似的衝過來購物。
首先是男人們一起買了幾壺鹽，然後接連搬回家裡。
由於鹽在領地內無法自給自足，因此為了以防萬一，大家都拚命設法儲備。
「雖然沒賣那麼便宜。」
現在鹽的行情，在布雷希柏格是一公斤五分。
換算成日幣就是約五百圓。最近這個行情都沒有變動。
因為王都位於內陸，所以一公斤大約是八到十分。
上次的商隊，以一公斤八分的價格將鹽賣給領民。
這算貴？
還是算便宜？
雖然有點難以判斷，但考慮到運輸成本，不管怎樣一定都是虧損。
也難怪商隊要接受布雷希洛德藩侯的援助，才有辦法營運得下去。
順帶一提，我是以一公斤五分的價格販售。
亦即按照布雷希柏格的標準行情。
我只是靠「瞬間移動」到海邊，在那裡用魔法精製鹽，所以幾乎不用什麼成本。
獲利率非常地高。
雖然也可以再賣得更便宜，但這樣科特會很囉唆，所以我把其他物品的獲利率調低，盡可能賣得便宜一點。

「威德林大人，這個白色的東西是什麼？」

「是砂糖。」

「砂糖不是黑色的嗎？」

「因為我有精製過。」

在南方的未開發地，用野生的甘蔗精製砂糖時，我基於前世的習慣，將那些砂糖精製成白色的。

「你不知道嗎？純白的砂糖可是高級品啊。」

「喔，我不知道呢。」

拜鹽所賜，我也低價販賣砂糖。

這個也按照布雷希柏格的行情，一公斤賣十分。

如果是在王都，一公斤可以賣十五到二十分。

「這樣妻子和孩子應該會很高興。」

由於價格便宜，因此砂糖也以壺為單位快速地被買光。

至於其他調味料、辛香料和酒，大家則是抱著嘗試的心態各買了一點。

「這布料好漂亮。」

「雖然素材是木棉，不過是染成王都流行的顏色。」

由艾莉絲他們負責賣的生活雜貨和日常用品也賣得非常好。

便宜的飾品、配件、能當成衣服材料的布匹、裁縫道具以及調理器具等等。
雖然讓人好奇為什麼會有這麼多東西，但可怕的地方在於絕大部分都是別人送的。
儘管沒有昂貴的禮物，但無論貴族或商人，都會贈送便宜但大量的禮物給我。
不可否認的是，這些禮物看起來的確很震撼，送禮的那方，應該也是預期我會送給傭人吧。
實際上，我也有送給羅德里希。
只是他困惑地回答：「主公大人，鄙人吃不了這麼多點心……」
我家的人明明不多，卻因為備受注目的關係而收到大量禮物，這也算是一種弊害。
「比想像中還便宜呢。」
「在布料的產地，差不多就是這種價格。」
大概知道行情的艾莉絲將價格設定得比較便宜，由於幾乎和進貨價一樣，所以同樣賣得非常快。
購買者都是女性，大家都是親手製作自己和家人的衣服。
所以裁縫道具也很暢銷。
咦？鹽是用魔法精製，所以幾乎不用錢。砂糖也一樣。剩下的東西也幾乎都是別人送的。將這些東西按照一般行情賣出去後會怎麼樣呢？
答案就是收到的錢幾乎都變成利潤。
必要的經費，大概只有給贈禮者的回禮吧？
「媽媽，買點心給我！」

「好好好。」

「我想要繪本。」

「有沒看過的故事呢。買一本來看吧。」

價格和外地幾乎沒什麼差別的各種商品，迅速銷售一空。

雖說就算有剩也無所謂，但大家反而一直問還有沒有存貨，因此我又從魔法袋裡拿出追加的商品。

「艾文斯，你要買那組弓箭嗎？」

「那當然。果然還是用專業工匠做的東西比較好。自己做的總是有限度。英格夫呢？」

「我當然也買了。這樣就能每天獵珠雞了。」

「不可能吧？主要是技術的問題。」

「囉唆！你的技術應該和我差不多吧！」

領地內的獵人們，都一同買了由王都工匠打造的弓箭。

雖然領地內也有鐵匠和其他工匠，但那些鐵匠主要都是在做釘子、菜刀或農務用具。

其他工匠也頂多只會修理劍與鎧甲，或是一般的生活必需品，雖然他們也有自製弓箭，但水準果然還是比不上王都或布雷希柏格的一流工匠。

這就是現實。

在負面意義上，這塊領地內的工匠都是獨占企業。

這都要怪沒有競爭對手，所以就算做得不好也能賣得出去。

另外就是很難從外部引進新技術。

「哎呀，真是盛況空前。」

面對這個不管拿什麼出來都會接連賣出去的狀況，克勞斯也露出笑容。

雖然應該不可能每次都賣得這麼好，但第一次遇到能買這麼多東西的狀況，領民們也變得管不住錢包。

「因為是一開始啊。」

「沒錯。從下次開始，規模應該會變得比較小。話說回來……」

接著克勞斯甚至開始要求我讓領民們以能換錢的東西交換商品，或是幫忙收購。

我知道他在打什麼主意。

如果讓我們一直單方面賣出商品，只會讓領地內的貨幣不斷流出。

要是我們能夠收購商隊因為考量運輸成本而拒絕收購的物品，就能讓經濟產生循環。

領民們也開始尋找自己有什麼能換成現金的產物。

「赫爾曼大人，分家應該也能賣蜂蜜酒。」

既然連對酒很挑的布蘭塔克先生都喜歡，那在建立品牌後，應該能以不錯的價格賣出。

而我也是這麼認為。

話說克勞斯似乎也很懂買賣。

姑且不論他在想什麼，我不得不承認這個男人很優秀。

「瑪琳應該會很開心吧。」

因為是代代擔任侍從長的分家，所以果然也會想要儲蓄現金。

如果能靠自製的蜂蜜酒取得現金，那應該就能在儲蓄現金方面領先本家。

大概就是這樣吧？

「科特哥哥不會因此向你們徵稅吧。」

「怎麼可能，我從來沒聽說過有領主向家臣收稅。」

話雖如此，可怕的是我們還是無法完全否定這個可能性。

就連赫爾曼哥哥，也覺得那個科特可能會這麼做吧。

「如果真的變成那樣，我會負責提出勸諫。」

看著克勞斯以虛偽的笑容如此說道，我心想「看來克勞斯完全沒把科特放在眼裡」。

不過我一點都不同情他。

因為被名主小看的下任當家，就只是個蠢蛋。

「差不多快到晚餐時間了，今天就先到此為止吧。」

結果直到天色變暗後，領民們依然聚集在市集會場，就這樣又再多做了兩個小時的生意。

「營業額好高啊。」

「為了提升那個營業額，大家都忙得手忙腳亂。話說布蘭塔克先生跑去哪裡了？」

「我稍微去散步了一下。」

「唉，是沒關係啦。」

在分家吃完晚餐後，我們在今天留宿的房間計算營業額。

我們被分配到兩個房間，男性房和女性房各住三人，不過為了算帳，大家目前都聚集在男性房。

「啊——銅幣好多。」

「露易絲，好好計算啦。」

個性認真的伊娜似乎不討厭這種類型的作業，但基於與生俱來的性格，這種工作只會讓露易絲感到痛苦。

儘管能力足以勝任，但無法持續堅持下去。

「不能請布雷希柏格的商業公會幫忙算嗎？」

「這樣會被收手續費吧？」

這個世界沒有能計算大量錢幣的機器。

因此只要拿去商業公會，通常都要繳手續費。

因為數錢幣需要人事費用，所以這也是理所當然。

「艾莉絲不也靜靜地在數。」

「連在這方面都是完美超人啊。」

艾莉絲靜靜地持續進行將十枚銅幣疊在一起的作業。

「偶爾埋頭做這種單調的工作，能讓人感到平靜。」
「我完全靜不下來。只想『啊——！』地大喊。」
「可別把好不容易算好的銅幣給弄散了。」
「我才不會呢。否則就得負起責任，一個人重數了。」
當然，男性成員們也忙著在一點一點地數著銅幣。
領民們支付的錢幣，果然大多是銅幣或銅板。
雖然這幾年的金錢觀變得有點奇怪，但金幣果然沒這麼容易流通。
「布蘭塔克先生，你的手不會抖嗎？」
「沒問題的。」
布蘭塔克先生一面小酌白天買的蜂蜜酒，一面數銅幣。
不過他的手意外地穩。
「那麼，科特哥哥狀況如何？」
「他很安分。」
與我們同行並兼任護衛的布蘭塔克先生沒出現在市集是有理由的。
因為他在監視科特的行動。
「雖然中途有幾個奇怪的傢伙來找科特抱怨。」
大概是出身主村、討厭變化的那群人吧，在看見市集賣的商品後，領地內的鐵匠和工匠們就跑去找他了。

「鐵匠和工匠？」

「因為技術不好，所以在發現有來自外地的商品後，就產生危機感了吧。」

既是井底之蛙，又因為是獨占事業而完全不努力，所以結果當然會變成這樣。

我第一次看見布雷希柏格的工匠街賣的商品時，也因為那裡的製作水準遠遠領先老家的生活用品而嚇了一跳。

相對地，雖然如果要求不高，這裡能做的東西種類也算多，但由於並非什麼都做得出來，因此還是不足以彌補低劣的品質。

我總算理解為何原本期待不高的生活雜貨，最後會賣得那麼好了。

「呼……算完了……」

最後我們終於算完了營業額，而且金額非常不得了。

「八十一萬兩千五百六十七分啊……」

換算成日幣，超過八千萬圓。

實在不像是一般市集會有的營業額。

「為什麼營業額會這麼高？」

「即使所有領民都有來參加，而且把小孩子的人數也算進來，一個人還是花了一千分以上……」

過於驚人的金額，讓艾爾困惑不已，但這其實沒什麼好奇怪的。

這個村子的平均現金收入的確不多。

但反過來講，用到錢的機會也很少，所以大家都有儲蓄現金。

久一點的家庭，甚至存了好幾十年的錢。

「一個人一千分，如果是四人家庭，平均就買了四千分的商品。而且這還是他們除了商隊以外，第一次能自由購物。」

當然錢也會花得比較凶。

因為是臨時舉辦的市集，所以認為或許沒有下次的想法也有影響。

「這表示大家並不貧窮嘛。」

「不，很窮。」

除了將剩下的小麥和能在森林採集的部分產物賣給商隊以外，領民們沒有其他現金收入。

即便因為除了買鹽以外，幾乎都沒地方用而存了起來，但也沒有使用的機會。

可以說這裡的社會，還停留在非常原始的階段。

「我剛才不是原本打算給這個家的孩子們零用錢嗎？」

因為他們有來市集幫忙，所以作為回禮，我本來想給他們零用錢，沒想到他們的反應令人意外。

「這麼說來，他們在收到現金時都是一臉驚訝呢。」

如果是布雷希柏格的孩子，應該會開心地跑去商業區買東西。

然而這塊領地的孩子沒辦法這麼做。

就算給他們錢也沒地方用，所以感覺一點都不可貴。

最後我還是以實物支付的方式，送點心和玩具給他們。

「感覺問題好像比預期的還要嚴重？」

「是啊。」

艾爾說得沒錯，這已經超出貧窮的程度。

雖然艾爾的老家也是貧窮的鄉下地方，但還不至於這麼與世隔絕，所以他才會這麼覺得。

身為貴族的爸爸和科特，也為了以防萬一而確實地存錢。

領民們也規規矩矩地將用不到的錢存下來，否則就無法像今天這樣購物。

「雖然他們並非不懂貨幣經濟，而且因為有買鹽，所以也算有購物。同時也會正常地在意行情。」

在看見我們擺設的商品時，大家都有發現運輸費用變便宜了。

然而他們卻沒有進入赫爾穆特王國的經濟圈。

「最大的致命傷，就是錢沒有循環。」

如果商隊沒來，就只剩下領地內的少數金錢交易。

今天大家也只是單方面地付錢給我。

父親和科特大概都不覺得這樣的現實有哪裡奇怪。

雖然以領主來說實在不合格，但因為從他們出生時起就是如此，所以也可以說是無可奈何。

至於領民們感受到的並非不滿，而是不便。

不過我不打算以此為理由，反對父親讓科特繼承爵位。

儘管發生過遠征事件，但領民們並沒有挨餓。

「不如說克勞斯先生明明是內部的人，居然能注意到這點……」

「沒錯。我好像變得有點奇怪。在這個鮑麥斯特領地只要一提到常識……」

「就會想到克勞斯嗎？」

雖然克勞斯呼應艾莉絲的發言走了進來，但他的臉上依然掛著和剛才一樣虛假的笑容。

「我年輕的時候，曾經為了採買和從軍而離開過這裡。」

儘管他突然進來讓我們嚇了一跳，但我們原本就沒在談什麼不可告人的事情。

由於平常就表現得很可疑的克勞斯開始說話，因此大家都靜下來聽。

我在老家時，也很少和領地內的人說過話。

從我最常說話的對象是埃里希哥哥，再來是亞美莉大嫂，應該就看得出來了。

大概只有用打獵的成果交換大豆時，會有機會和領民們說話。

坦白講，直到今天賣東西的時候，我才稍微實際體會到他們的生活。

以前的我雖然有這方面的知識，但也可以說就只是知道而已。

「從軍？從這裡嗎？」

「那應該算是碰巧吧。」

那似乎是發生在距今超過四十年以前。

克勞斯還只有約二十歲的時候。

「我其實是次男。因為名主的工作將由哥哥繼承，所以需要勞力的工作都是交給我。」

他和同樣出身農家或工匠家的次男與三男，一起將領內能賣的產物裝在推車上，走了很長的山路抵達布雷希柏格。

在那裡把產物賣掉後，再把用那筆錢買來的鹽放在推車上，重新走山路回到鮑麥斯特領地。

這樣的過程，一年似乎要進行三次。

「馬是必須用在開墾與農務的貴重存在。因為負責護衛的人不夠，要是在山路拉車時被狼襲擊，就只會平白損失馬匹。因此就由派不上用場的我們代替拉車的馬。在我十幾歲到二十幾歲的這段期間，只有四分之一的時間是待在領地內。就連留在領地內時也沒機會休息，必須不斷地去幫忙農事。」

因為是次男，所以在領地內被當成用過即丟的存在。

即使辛苦抵達布雷希柏格，領地內能換錢的產物也不多。

拜此之賜，光是想盡可能多堆一點鹽到推車上，就必須費上不少工夫。

「以前甚至還曾經帶領外的紅石過去。」

「那個品質低劣的鐵礦石嗎？」

我也知道紅石的存在。

簡單來講，就是因為鐵的成分生鏽而變紅的鐵礦石。

因為必須使用大量的碳才能恢復，所以根本就賣不了多少錢。

「價格後來被砍了不少。即使如此，只要耗費我們的體力，就能換到錢。」

總之真的是毫無夢想與希望，只有絕望的生活。

讓人不禁納悶為什麼自己會出生在這樣的地方。

「大家經常聚在一起說，等到了布雷希柏格就要逃跑。不過實際上最後還是逃不成。」

腦中無論如何都會浮現出家人的臉，讓人無法逃跑。

「還有人在爬山的途中失去生命。因為被狼襲擊，從傷口感染破傷風，或是不小心沒走好受了重傷，即使治療也救不回來，所以我們取了遺髮後，準備丟下他離開。接著那傢伙拜託我們殺了他。於是我就幫他解脫了。那傢伙向我道謝，感謝我這個殺人凶手。啊，我好像離題了……」

就在我們去布雷希柏格採購鹽時，布雷希洛德藩侯家突然派了使者過來。

「在東部的邊界，附庸們又按照慣例起了爭執。雖然我們領並沒有從軍過，但前前任當家以前曾說過『如果只有一次沒關係』。」

前前任布雷希洛德藩侯知道這件事後，因為發現克勞斯他們正好來到市內，於是就詢問了他們的意願。

克勞斯是名主的兒子，在當時身分最高的他被任命為臨時侍從長後，合計只有六名、虛有其表的鮑麥斯特家諸侯軍就誕生了。

「劍、槍和鎧甲，全都是借來的。馬和食物也一樣。」

那匹馬頂多只能拿來當農耕馬，而且只有克勞斯能騎。

雖然好像是因為只租得到一匹馬，所以才只有克勞斯一個人有騎馬。

「對布雷希洛德藩侯大人來說，只要鮑麥斯特家諸侯軍實際上也有參戰就夠了。」

克勞斯按照命令前往東部的邊界，與對面的軍隊對峙。

不過終究只是小領主間在爭奪一塊狹小的土地，或是爭執在森林採到的山菜與柴火要怎麼分配。

要是認真展開衝突，一定會造成虧損。

因為通常領主必須付撫慰金給死者或傷患。

「他們的目的在於表示『這個權利是屬於我的』。因為如果什麼都不做，就等於全面認同對方的主張。」

雖然不能什麼都不做，但也不希望實際造成衝突。

總之在各方面都很麻煩。

然而即使是做做樣子的戰爭，在激動時還是會發生衝突。

「為了避免出現死者，只要用訓練用的武器將對方從馬上擊落就算獲勝。」

即使如此，偶爾還是會出現死者。

「畢竟是人類，只要感情一沸騰，就會正式展開衝突。」

雖然最後原因還是不明，但克勞斯從軍時正好就發生了正式衝突。

「雙方的總司令都拚命阻止，但還是出現了約一百名的死者……」

克勞斯全力將槍刺向朝自己逼近的敵方軍隊。

因為太過緊張，直到現在他還是想不起來之後發生了什麼事。

「身為名主的次男，我好歹也是有受過訓練。不過在真正的戰場上派得上多少用場就不知道了。」

即使如此，因為他順利打倒了幾名敵人，還從布雷希洛德藩侯那裡拿到了感謝狀和獎賞。

儘管他自己也不記得，但似乎有被布雷希洛德家諸侯軍的大人物看見。

「所以我姑且也獲得了獎賞。」

雖然戰鬥擴大會很困擾，但獎勵有實際立下戰果的人，對貴族來說是理所當然的事情。

講是講打倒，克勞斯也不知道那些人是不是真的死了，但這並不是重點。

不如說，如果沒死反而還比較值得讚賞。

「我用獲得的獎賞多買了一些鹽和其他土產。不過……」

回到領地後，克勞斯似乎被前前任的當家、父親和哥哥斥責。

「原因是我太出風頭。明明我這邊可是賭上了性命，這種說法真是過分。」

在偏遠的保守領地容易樹大招風，這就是一個典型的例子。

明明帶回了比平常還多的鹽卻還要被人斥責，這似乎讓他非常受不了。

「就算發生了那樣的事情，生活也沒什麼改變。直到幾年後我的哥哥病逝……」

那位長男沒有孩子，所以家人急忙把次男克勞斯叫回來繼承名主。

因為克勞斯的父親也得了同樣的病，隨時都會去世。

「覺得名主沒什麼了不起的想法，以及不必再繼續辛苦拉車的想法。真的是非常複雜。」

同時還有在同伴當中，只有自己擺脫那種境遇的罪惡感。

即使如此，當上名主後，自己應該能夠做些什麼。

雖然花了不少時間，但克勞斯為了讓商隊定期造訪領地四處奔走。

「前前任當家認為『交給那些運貨的人就好』，所以絲毫不理會我。直到前任當家繼任才總算成功。」

商隊開始每年定期來兩次，大家總算從買鹽的辛苦解脫。

克勞斯似乎一直忘不了當時領民們高興的表情。

「對前前任當家而言，我們不過就是會說話的載貨馬。」

幸好前任當家是個稍微比較懂事的人。

不如說若只靠自己運鹽，無論如何都無法滿足四百人以上的人口，所以這是基於常識所做的判斷。

事情似乎就是那樣。

即使貨物不多，但總算定期會有商隊來，克勞斯也可以將心力集中在名主的工作上。

人口逐漸增加，田地也隨之擴展。

「儘管發展緩慢，但未來還是值得期待。」

然而，此時克勞斯遭遇了一起不幸的事件。

「威德林大人知道蕾拉以前有個未婚夫，以及她的哥哥，也就是我的繼承人的事情嗎？」

他現在依然清楚記得那天的事情。

在我父親的命令下，蕾拉年輕的未婚夫與克勞斯的繼承人，一起陪父親外出打獵。

「那兩人年紀相同，從小就親暱地玩在一起。我認為他們能合作撐起這個家。」

此時發生了一件不可思議的事情。

領地內有個因為過於危險，所以領民們都不敢靠近的懸崖，然而那兩人居然都從那個懸崖摔落身亡。

「亞瑟大人說兩人是為了追獵物，才會從懸崖掉下去。」

「……」

坦白講，我懷疑是否真的發生過那樣的事件。

然而出現了一個能夠證明的人。

「我記得那件事。因為我那時候已經八歲了。」

「赫爾曼哥哥。」

這次換赫爾曼哥哥走進房間。

同時證明那件事情是真的。

「赫爾曼哥哥，那起事件……」

「父親反覆強調那是事故。並在領地內下了封口令。」

無法理解那個封口令的意義。

是因為真相對自己不利，所以才要局外人閉嘴嗎？

或是單純不希望這種鄉下小地方，因為謠言而造成騷動呢？

「等威爾出生時，談論那件事已經成了禁忌。雖然心裡覺得怪怪的，但因為那是身為領主的父親所下的決定……」

「……」

這件事實在太過可疑，連布蘭塔克先生都沉默不語。

「那麼，真相是如何？」

「雖然有做過調查，但還是沒找到答案。」

克勞斯後來私底下進行了調查，並發現在父親他們進入森林狩獵後，有幾名主村的人不知為何也跟著進了森林。

「因為他們是進去森林採集，所以好像沒和亞瑟大人他們會合。直到我兒子他們掉下懸崖，聽見亞瑟大人的呼救聲後才趕到。」

「小子，你怎麼想？」

「兩個人同時掉下去有點奇怪。」

如果只有蕾拉的未婚夫，或是克勞斯的兒子，那感覺就很可能是意外。

不過這樣對父親沒有好處。

必須要兩人同時死亡才行。

而且這點後來也成了現實。

首先要懷疑的，就是最大的獲益者。

「克勞斯懷疑父親嗎？」

「我懷疑他。」

克勞斯乾脆地承認懷疑父親，讓我們全都啞口無言。

因為我們至今一直認為克勞斯是個就算有什麼企圖，也絕對不會讓自己涉險的男人。

然而，他現在卻光明正大地批評父親。

冒著我們可能會向父親告狀的風險。

「亞瑟大人在蕾拉未婚夫的葬禮結束後把我叫去，然後說了『把蕾拉嫁給我當妾吧。要是被妻子或周圍的人知道這是我的請求會很麻煩，所以就當成是你主動把她託付給我』。」

克勞斯萬般無奈地遵從了父親的命令。

他似乎就是因此才被其他村落的名主當成是個「犧牲自己的女兒，換取掌管所有徵稅業務的卑鄙傢伙」。

「呃，可是父親……」

「雖然這麼說不太恰當，但亞瑟大人喜好女色已經到了病態的程度。」

「我都不知道……」

身為主村名主的自己，被其他村落的名主討厭的理由。

好像就是因為父親還有對其他女性出手，而且每次都是交給克勞斯善後。

「其他村落的名主會乖乖閉嘴也是理所當然。畢竟他們也不希望變得和我的兒子與蕾拉的未婚夫一樣。結果只能靠討厭負責善後的我來維持精神上的平衡。我也因為能夠理解，而任由他們厭惡。」

其中還有很多女性因此懷孕。

當然，那些孩子可能會讓繼承問題變得麻煩。

幸好父親下手的對象都是已婚者，生下的孩子也大多是次男以下，所以在隨便找些理由後，那些人都離開了這塊領地。

「蕾拉在村裡也算是出了名的美女。亞瑟大人應該很想得到她吧。此外他同時也是個貴族。即使我的兒子去世，只要蕾拉招贅，他就無法將自己的孩子送到我家。那麼，他會先做出什麼樣的判斷呢？」

娶克勞斯的女兒為妾，讓她生下自己的孩子，再讓那個孩子繼承名主家，鞏固鮑麥斯特家的地盤。

雖然能夠理解這種策略，但父親應該不會為了這個目的，刻意殺掉兩名無辜的年輕人。

「那個父親有這種膽識嗎？」

「亞瑟大人拘泥於科特大人的繼承，為領地內的安定做出貢獻。雖然他有這種冷靜的一面，但只要遇到喜歡的女性，他就沒辦法不出手。那位大人的心裡，同時也棲息了這樣的野獸。」

儘管難以置信，但其實我也沒有證據能夠否定。

我家明明很窮卻生了很多孩子，但我是母親將近四十歲時才生下的孩子。

關於父親的行動，我也不是非常清楚。

我白天都會去森林或未開發地，晚上也都窩在自己的房間，所以完全不知道父親除了工作以外，平常都在做什麼。

「所以你才憎恨他？就算沒有決定性的證據？」

「我也是人，也會被感情左右。我相信亞瑟大人有罪。」

「所以你才想削弱鮑麥斯特家的力量？」

「是的。」

赫爾曼哥哥的事也好，埃里希哥哥的事也好，都為長男科特的繼承帶來了影響。

不過並沒有發生決定性的衝突。

父親讓赫爾曼哥哥入贅分家。埃里希哥哥也在察覺危險後，自己離開了家。其他哥哥也都沒擔任家臣，直接離開家裡。

留在領內的赫爾曼哥哥入贅的分家，原本就從不隱藏反對本家的立場，赫爾曼哥哥也選擇配合他們。

結果只剩下科特這個微妙的繼承人。

「克勞斯，你居然當著赫爾曼哥哥的面說這種話？」

「我也覺得對不起赫爾曼大人。不過，難道繼續留在老家會比較好嗎？」

「不，不會吧。」

在科特的孩子出生前都不能結婚，只能在預備的房間生活。

即使這樣的生活結束，也只能領著微薄的薪水被人任意使喚。

「克勞斯，你也有考慮過我因為受不了，而離開領地的可能性吧？」

「是的。」

「嗯——或許那樣還比較輕鬆呢。」

「赫爾曼哥哥……」

「騙你的啦。雖然這個家是由瑪琳大姊頭在掌權。不過我們獨處時，她還是會可愛地跟我撒嬌。」

「呃，就算你這樣跟我們秀恩愛也……」

看來瑪琳二嫂似乎是所謂的傲嬌屬性。

「埃里希哥哥的事情也一樣。為什麼要讓埃里希哥哥遭遇危險！」

「關於這點，我也只能說抱歉。不過，那位大人也是離開這裡會比較好吧？」

科特的確沒有將埃里希哥哥當成家臣使喚的度量。

至少我們無法保證等埃里希哥哥逐漸嶄露頭角，被領民們仰慕後，會不會再發生像克勞斯的兒子們那樣的事件。

「如果是亞瑟大人，應該有辦法駕馭他，但考慮到年齡，那位大人已經沒有時間了。」

只要父親一死，科特就會繼承爵位，到頭來埃里希哥哥還是一樣會面臨危險。

「喔，你對恨之入骨的現任當家的評價還滿高的嘛。」

「人格與身為領主的才能是兩回事。亞瑟大人大概只比前任當家要差一點吧？加上風流的毛病，總分又要再更低一點。」

面對布蘭塔克先生隱含挑釁的發言，克勞斯以更具惡意的方式反擊。

對自己的主人打分數，一個不小心可是會釀成大問題。

「順便問一下，你覺得那個笨下任當家如何？」

「布蘭塔克大人，我剛才的評價是針對樹幹，並不包含那個掛著髒兮兮枯葉的枝椏。」

「你還真敢說呢。不過我完全無法反駁。」

看來無論布蘭塔克先生還是克勞斯，都認為科特的狀況早就超越了適不適合當領主的問題。

「我不想再聽你說這些了。為什麼要把這些事情都告訴我？」

「當然是因為希望威德林大人能成為領主統治這裡，並開拓未開發地。」

克勞斯果然希望我繼承這塊領地。

「我可是其他家的當家啊。」

「您覺得王都的陛下和大貴族們，會在意這種表面的問題嗎？」

「會吧。」

雖然他們是一群只要有那個意思，就會採取強硬作法的人，但這時候就算只是賭氣也不能承認。一旦承認，事情好像就真的會變成那樣。

「既然威德林大人這麼說，就當成是那樣吧。」

「而且我可是那個人的兒子。」

儘管不曉得克勞斯說的那些話是否屬實，但至少克勞斯本人是這麼認為。這讓我不禁納悶，他對我這個可恨仇人的兒子到底有什麼期待。

「父母的罪，與子女無關。而且威德林大人已經是其他家的當家了。」

從克勞斯的語氣，慢慢能看出他的真意。

只要這塊領地能夠獲得發展，無論領主是不是鮑麥斯特騎士爵家都無所謂。不對，不如說他希望不是。為了這個目的，他長期使用那些溫吞的策略玩弄父親和科特。這就是克勞斯這個男人的行動原理。

「自從我用刀子劃開那位重傷好友的喉嚨，我就成了比會說話的載貨馬還要不如的存在。從軍後，被前前任當家責備做了多餘的事情，與現任當家也因為兒子和蕾拉未婚夫的事情留下遺恨。這讓我實在無法發自內心效忠他們。我只是基於名主的義務在行動。所以就算威德林大人將這件事告訴亞瑟大人也沒關係。我不會恨您。因為我只是比會說話的載貨馬還要不如的存在。」

說完這些話後，克勞斯就回家了。

留下不曉得該如何判斷的我們。

「如果那些都是事實，那還真是討厭呢。」

「赫爾曼哥哥。」

「我才不管呢！因為我現在已經知道老爸的壞習慣。」

不如說，真虧他能隱瞞孩子們到現在。

這表示負責善後的克勞斯就是如此優秀嗎？

就我的狀況來說，因為我原本就對父親的行動沒興趣，所以沒發現也很正常。

「不曉得到底是不是事實？」

「媽知道嗎？」

「就算知道，也沒辦法跟我們說吧？」

尤其我還未成年，所以絕對不能跟我說。

比起這個，我更擔心他有沒有對科特的妻子亞美莉大嫂出手。那些孩子，該不會其實是父親的小孩吧。

感覺事情只會愈想愈糟糕。

「赫爾曼哥哥，科特哥哥該不會知道……」

「連那個埃里希都沒發現了。科特哥哥應該不可能吧。」

的確，期待科特會有那種敏銳的觀察力，只是浪費時間。

「總而言之，我們明天淨化完魔之森後，就會盡快回來。」

「拜託你們了。關鍵的科特哥哥別說是派不派得上用場了，甚至還可能扯你們的後腿。」

「再來就是克勞斯了……」

跟我們攤牌到這種程度的克勞斯，甚至有可能會和父親同歸於盡。

一想到這裡，我更覺得有必要早點回來了。

無論願不願意，我們都已經被捲進來了。

「在最壞的情況下，至少赫爾曼哥哥要活下來。」

「那當然。即使克勞斯失控，我也沒餘力去幫老爸他們。基本上，我們家原本就不可能去幫本家。

如果老爸的那些惡行是事實，就讓他自己想辦法吧。」

就我的狀況來說，我目前完全不想去幫父親和科特。

不過在最壞的情況下，至少必須去救媽媽、亞美莉大嫂和她的孩子們。

「我要睡了。」

「睡飽一點，拜託你們千萬別失敗。一定要回來啊。」

「我知道啦！」

與科特的爭執，急促舉辦的市集，以及克勞斯衝擊的告白。

漫長的一天總算結束，我們就這樣沉沉入睡。

為了從明天開始應付不確定的危險。

第六話 委託達成，鮑麥斯特家的混亂

「小子的哥哥，在看開後口氣就變得很粗暴呢。」

「唉，畢竟是家裡蹲，那也算一種優勢……」

「就算是這樣也太過分了！」

市集結束後的隔天早上，我們從發生了許多事的鮑麥斯特領地，用「瞬間移動」飛到位於未開發地的魔之森。

我從小開始，就同時探索廣大的未開發地和進行魔法訓練。

拜此之賜，我幾乎能靠「瞬間移動」到未開發地的任何地方。

當時我還未成年，要是獨自進入魔之森發生什麼意外就不妙了，因此我從來沒進去過，但周圍的地點已經都在我的掌握之中。

就連過去的遠征軍入侵路線，我也早就摸清楚了。

遠征軍當時劈開的草木，現在早已透過旺盛的繁殖力恢復。

不過那個地點，勉強能讓大軍通過。

至於進入後能不能保證活命，只要看遠征軍的結局就知道完全不可能。

「那傢伙原本就沒打算進入社交界。雖然有宗主，但兩人連面都沒見過。」

因為我滿十二歲開始上冒險者預備校時，有當過家裡的代理人，所以發現世人似乎都把我們當成極度的家裡蹲。

沒想到鮑麥斯特家第一個出席布雷希洛德藩侯家的園遊會的人，居然會是我。

這可以說是只有我家辦得到的創舉。

不過就算通知我們要舉辦什麼派對，光是前往會場就必須先花一個月跨越山脈，所以就某方面來說，這也是無可奈何。

像我這樣會用「瞬間移動」魔法的人非常貴重。

名主克勞斯之所以希望我能成為當家，應該也包含了這個原因。

「我真的生氣了！我不想讓那個笨蛋當下任當家！我要跟領主大人建言，讓小子代替他繼承！」

「布蘭塔克先生，這怎麼行！我才不要那樣。」

我一面從預定入侵的地點使用探測魔法探索內部，一面反駁布蘭塔克先生粗暴的發言。

雖然要是事情變成那樣，克勞斯應該會很高興，但科特可能會失控。

因為他背後還有秉持超保守主義的主村優位主義者們撐腰，所以在最壞的情況下，他們可能會拿起武器反抗。

如果只是堅守不出倒還好，若他們和克勞斯與其他村落的人起了什麼衝突，甚至可能會出現死者。

我才不想造成那種犧牲，我可以斷言自己絕對不想繼承那種領地。

話說無論我再怎麼會用魔法，經營領地還是需要各種專業知識。

此外還需要許多人才。

這全都是身為新興名譽貴族，家族成員又不多的我沒有的東西。

「不過啊。搞不好狀況已經開始動起來了。」

拜此之賜，明明接下來要進行淨化兩千隻不死族的大工程，我卻反而比較在意老家的情勢。

而且不只我是如此。

所有人似乎都是相同的心情。

「希望分家別因此蒙受損害。在蜂蜜酒方面。」

「你到底有多喜歡那個啊……」

雖然艾爾對嗜酒如命的布蘭塔克先生的發言感到驚訝，但那個的確非常好喝。

因為在這個世界只要滿十五歲就幾乎算是成人，所以我昨晚也試喝了一些，甜味和酸味的平衡掌握得太好，讓人一不小心就會喝過頭。

「要是能把那塊領地交給赫爾曼大人掌管就好了。」

「怎麼可以這麼亂來……」

按照布蘭塔克先生的說法，鮑麥斯特騎士領地還是讓父親與科特分別被強制隱居和廢嫡，然後交給赫爾曼哥哥治理比較有建設性。

「原則上來說，破壞小子的爸爸和長男的體制還是不太好。」

畢竟已經有超過兩百年沒發生過戰爭。

可以的話，還是依序讓長男繼承比較不會產生糾紛。

「科特那個蠢蛋，還沒到完全無藥可救的地步。所以才惡質。」

雖然和我們與布雷希洛德藩侯鬧得不愉快，但內部還沒發生決定性的騷動。

不過站在中央的立場，還是發生什麼事件會比較好介入。

「介入嗎？」

話說他們果然打定了主意要介入。

為了讓那裡和未開發地一起開發，他們應該覺得科特很礙事吧。

畢竟我身上已經有充足的開發資金。

如果王家突然強制命令父親退隱，並將科特廢嫡，會對其他小領主們造成極大的動搖。

可以的話，中央應該希望能發生什麼讓他們有理由介入的事情。

而且是愈早愈好。

「有這個可能……」

首先，是讓對父親與科特悲觀的領民們展開行動。

雖然主村以外的領民們參與的可能性不高，但這可以交給克勞斯他們或是分家。

不對，應該說無論是他們哪一家起義，可能都會有不少領民呼應。

因為不希望出現死者，所以布蘭塔克先生希望最好大多數的領民都能展開行動，製造出強制讓父親他們退隱的趨勢。

下一個有可能的狀況，就是考慮到這種狀況的科特他們，開始壓制反對派。

這樣一個不小心，可能會造成許多犧牲者。

「雖然這樣講很討厭，但後者的情況對王國和我們家的領主大人來說比較有利。」

理由是這樣能要求科特和父親負責，最少也能剝奪他們的爵位和領地。

在將包含未開發地在內的領地交給我之前，還是盡可能將前任者的勢力都清除乾淨，後續才會比較輕鬆。

王都和中央的貴族們，似乎是抱持著這樣的想法。

「將兩人塑造成壞人，領民們會比較期待你當上新領主，這樣後續會比較好辦事。」

「那些傢伙居然把事情想得這麼輕鬆。」

不如說問題或許是出在距離遙遠和領地的規模上。

從王都貴族的角度來看，鮑麥斯特領地不過是個人口不到千人的小領地。

即使發生內亂，只看報告也不會覺得犧牲者的數量多到哪兒去。

既然如此，還是希望科特能快點消失。

然而我們在克勞斯的誘導下，已經實際和領民們接觸過。

所以我們希望能避免發生會對他們造成死傷的狀況。

「只要讓赫爾曼哥哥繼承，領地也能保留一定程度的餘裕。」
留下一些開發的餘力，再對那裡進行援助。
只要開發順利，赫爾曼哥哥應該能當得上男爵。
「大概就是這樣吧。然後剩下的未開發地，就是由小子你負責了。」
「我是很想避免這樣的狀況……」
開發那麼廣大的土地，搞不好就算花一輩子也做不完。
此外也可能會被領主的工作給限制住。
一想到這裡，就讓我覺得憂鬱。
「那個，威德林大人。」
「什麼事，艾莉絲？」
「應該沒必要從現在就開始勉強自己投入領主的工作吧？」
「這是什麼意思？」
按照艾莉絲的說法，即便我是實力堅強的魔法師，也沒必要讓我這個剛成人的十五歲少年帶頭，率領大家從頭開發領地。
「領地與資金百分之百都是屬於威德林大人所有。關於人手的部分，我想爺爺他們會主動幫忙召集。」
「雖然這麼說或許對艾莉絲不太好意思，但難道不會因為大家互相爭奪特權而導致開發進度延遲嗎？」

我是不在意將那筆金額大到沒有現實感的錢寄放在布雷希洛德藩侯和王都那些陰險貴族那裡，將事情全部委託給他們處理，但要是因此出現寧願瀆職也要圖利的笨蛋貴族或其家人，感覺後續會變得很麻煩。

若不斷產生莫名其妙的紛爭，導致未開發地的開發無法順利進行，那不僅會失去我當領主出錢的意義，甚至還可能害我被當成戰犯。

「雖然可能性不是零，但狀況嚴重的傢伙應該會馬上被排除，所以不用擔心。」

關鍵在於我的代理人能力如何，只要他夠能幹，就幾乎不必擔心這個問題。

「那就是羅德里希了。」

「是的，只要任命他當家宰就行了。」

按照艾莉絲的說法，其他貴族應該也不會送太奇怪的人才過來。

「大家都想合法取得開發新領地的利益和特權。」

這個王國的貴族已經有點過剩，只要將難得有能力卻甘願一直吃閒飯的親族送去開發新領地，就能和鮑麥斯特男爵家建立關係，並藉由開發產生的需求與貿易增加特權。

既然是抱持這樣的目的，那當然不能送沒用的人才過去。

「要是有那樣的人做壞事，爺爺應該會樂於攻擊他們。」

『〇〇派來的人不僅派不上用場，還會偷偷中飽私囊。在神明的面前作惡實在令人困擾。看來

○○似乎沒有資格派人參與這項陛下也相當關注的開發事業呢？』
他很可能和其他貴族聯手攻擊對方，將鬧事者踢出開發新領地的事業。
然後其他貴族又會繼續爭奪那個空缺。
真令人難過。
所謂的貴族，似乎就是這種生物。
「所以威德林大人只要冷靜地在最上層坐鎮就行了。」
「是這樣嗎？」
「是的。尤其威德林大人還是魔法師。」
這麼說也對，畢竟那筆錢實在太龐大了。
我一個人也不曉得該怎麼花，要是為了避免大多由外人組成的家臣團做壞事而一一仔細檢查也很麻煩，實際上也做不到。
反正原本就是可有可無的錢。
而且要是一直放著，還會招來抱怨。
不如乾脆地用掉，然後旁觀這個國家的貴族是否派得上用場也不錯。
錢可以再靠魔法賺，在最壞的情況下，只要當成出國旅行，逃到阿卡特神聖王國就行了。
「我是威德林大人的妻子，所以會一直陪在您的身邊。就算我不在了，霍恩海姆家也不會跟您斷絕關係。」

「我什麼都還沒說呢。」

「我只是在自言自語。」

「嗯——自言自語啊。」

「是的。」

看來艾莉絲身上的貴族之血比想像中要濃厚。

而且同時也是個可怕的女人。

或許所謂沉重的女人，就是指像她這樣的人。

「唔哇，我的主人的正妻真是恐怖。」

「那麼，我的侍從長有什麼想法嗎？」

「我可以當冒險者賺錢，存款也已經夠多了。就算去外國生活也無所謂。最後還是要看那個爛哥哥和陰險名主怎麼行動吧？」

「目前的當家姑且還是父親。」

「雖然我不知道威爾爸爸的壞毛病是不是事實，但那個人有一半只是個旁觀者。所以就算受不了那個爛哥哥，也不會處罰他吧。」

或許艾爾說得沒錯，而且只要科特還在，我也不太想繼續舉辦市集。

如果是赫爾曼哥哥當領主，那我還可以接受一個月辦一次。

而且最應該要為現在這個狀況負責的人就是父親，然而他看起來並未積極採取任何行動。

儘管沒表現在臉上，但或許他心裡也正在猶豫。

要維持現狀，讓科特成為下任當家嗎？

還是下定決心做出改變呢？

他也可能是因為還在猶豫，所以才允許科特大放厥詞。

「如果是這個隊伍，不管去哪裡應該都能應付。不如說，我才是最弱的那個戰力。」

「要是少了伊娜，這個隊伍可能會有點偏離常識。」

「露易絲，我應該也算在常識的範圍內吧……」

「艾爾偶爾會很容易動怒。」

「也就只有這樣吧。」

雖然能使用各種強大又方便的魔法，但受到前世的常識影響，我至今還是跟這個世界有點脫節。

艾莉絲是淨化與治癒魔法的高手，同時也是被稱為聖女的巨乳美女，明明在家事和女性修養方面都堪稱完美，但偶爾也會展現出身為大貴族之女的恐怖一面。

露易絲的外表雖然讓她看起來天真無邪，但實際上卻是心機和武力的化身。

如果沒和伊娜與艾爾一起行動，或許的確會給周圍的人「難以接近」的印象。

「因為種種因素，讓我們必須仔細思考未來的事情，但到頭來，在實際發生什麼事情之前，我們都無法做出對應的行動。所以還是先工作吧。」

「露易絲說得沒錯。要是因為想太多而犯下意外的失誤，那就麻煩了。」

結果我們做出「船到橋頭自然直」的結論，在繼續用了一會兒「探測」魔法後，成功進入魔之森。

「唔哇！裡面傳來好多氣息……」

總算進入魔之森的我們，馬上就開始覺得背脊發寒。

尤其是魔鬥流的高手、對這種氣息非常敏感的露易絲，更是對這種感覺展露出警戒心。

在超過十五年以前，遠征軍應該也是從幾乎相同的位置入侵，但是他們幾乎所有人都在這裡喪命。

當然那份遺憾，也讓他們的屍體成了不死族。

一開始是變成殭屍，然後怨念像欠債的利息般愈滾愈大的個體，會再接著進化成食屍鬼、巫妖或骷髏士兵。

露易絲感覺到的大量魔物氣息，一定就是他們變成的不死族。

「那麼，開始作戰吧。」

在最年長的布蘭塔克先生的指示下，我們開始進行作戰，但內容其實沒那麼複雜。

首先，艾莉絲在割完草的地面上，鋪了一塊邊長約兩公尺的布。

這塊布曾在教會接受祈禱，並由教士在上面描繪淨化的輔助魔法陣。

由於能強化艾莉絲詠唱的聖淨化魔法的效果，所以也可以說是一種魔法道具。

在取得這東西時，我捐了一筆不小的金額，希望這東西真的有效。

確認艾莉絲已經站在魔法陣的正中央後，剩下的所有人都將我發的擴音器放在嘴巴前面。

然後我們開始一起大喊事先決定的臺詞。

「喂——！布雷希洛德藩侯超不會打仗的！」

「如果對手是你，我只需要你十分之一的戰力就能輕鬆獲勝！」

「布雷希洛德藩侯軍事才能別說是零分了，根本就是負分！」

我們並不是在開玩笑。

戰敗的戰死者變成不死族後，智力當然也會跟著降低，但不曉得是不是基於生前的本能，他們大多在某種程度上，能聽得懂別人說他們的壞話。

大概就是能發現別人在瞧不起他們的程度。

此外，還有一點。

集團化的不死族，不知為何總是會出現統率者。

這方面也幾乎是基於本能，而且決定統率者的標準，不知為何通常也都和生前一樣。

這表示前任布雷希洛德藩侯成為統率者的可能性很高。

因此瞄準這點進行的說壞話作戰，應該非常有效。

「唔哇！真的過來了！」

在開始用擴音器說壞話的幾分鐘後，前方的樹叢終於開始出現幾個殭屍的身影。

「是先行偵察部隊嗎？」

「真是討厭的偵察部隊。」

和能夠用魔法燒死殭屍的我不同，一旦有危險逼近艾莉絲，露易絲就必須赤手空拳地攻擊殭屍。考慮到精神衛生，露易絲應該盡可能不想遇到這種狀況吧。

「艾莉絲，準備詠唱。」

「是的！」

在我的指示下，站在魔法陣正中央的艾莉絲開始靜靜祈禱，發動淨化魔法。

那道淨化魔法障壁的範圍，直徑約有一百公尺。

我們先用辱罵吸引他們過來，再讓他們進入淨化魔法障壁的範圍內加以淨化。

簡直就像是在吸引蟑螂時會用的作戰。

「唔哇，好噁心！」

不愧是死了十五年以上的屍體。

雖然變成不死族後，腐爛的速度會變慢，但並不表示完全不會腐爛。

腐爛的內臟和骨頭從被魔物吃掉或撕裂的部分外露、皮膚變得黝黑的殭屍們的外表，根本不可能給人好印象。

此外他們身上穿的鎧甲到處都是生鏽的痕跡，看起來已經不可能再重新利用。

儘管絕大部分都會被當成遺物交給遺族，但之後也頂多只能當成廢鐵回收。

「當然，他們應該不可能體貼地把寶物帶在身上。」

「除非是布雷希洛德藩侯或他的幹部。」

要是有人為了虛榮，在劍和鎧甲上裝飾黃金或寶石，只要拆下來就能換錢。

在那之前，因為是遺物，所以應該能得到高額的謝禮。

「在他們的隨身物品裡，會有能賣的東西嗎？」

在變成殭屍後，已經過了十五年以上。即使當時帶的是緊急糧食，現在應該也已經腐壞了。

而且殭屍沒有智慧，只會靠本能行動。

就算不是美食家，恐怕還是會連之前收集的魔物素材都一起吃光。

即使不死族會依照生前的本能吃東西，那也不會變成營養。

只是咬碎的東西會通過腸胃，再逐漸從肛門掉到地上。

簡單來講，就是失禁。

當然，只要一被咬碎，魔物的素材就失去了價值。

草藥更是不用說。

在逐漸聚集起來的殭屍群裡，也有幾具正一面讓屁股流東西出來，一面朝這裡逼近。

其中也有肚子被劃開，從那裡不斷掉東西出來的個體，看起來實在不怎麼舒服。

和在王都淨化瑕疵屋時相比，這裡有許多不死族會讓人想把胃裡的東西吐出來。

就視覺上來說，這比我前世玩的射殭屍遊戲要糟糕多了。

而且看在他們眼裡，活人只不過是食物。

他們只要一看見人就會想吃，所以必須加以驅除。

「不過他們還真弱呢。」

雖然艾爾拿起劍戒備，但殭屍們接連碰到艾莉絲展開的淨化魔法障壁後，就連身體一起被消滅。只剩下生鏽又髒兮兮的裝備品。

「雖然殭屍的個體能力不強，但數量一多就會構成威脅。別鬆懈了。」

多虧前老練冒險者布蘭塔克先生的建議，所有人再次繃緊神經。

不過殭屍們果然還是像溶化般，接連消失在艾莉絲持續展開的淨化魔法障壁裡。

一般的淨化聖魔法使用者，根本做不到這種程度，這表示艾莉絲就是如此優秀。

「小子。」

「我知道。」

我拿出預備的魔法袋，將逐漸消失的殭屍身上裝備的物品，丟進手上的袋子裡。

那些大多是生鏽或腐爛的鎧甲與盾牌等防具，或是同樣生鏽或折斷的劍與槍等武器。

至於他們身上帶的袋子裡面，則是裝著髒兮兮的銅幣或銀幣。

我們要盡可能收集這些物品，將能判別所有者是誰的東西還給遺族。

「如果無法判別，就先交給教會淨化，再將金屬製品熔鑄重新利用。」

這種環保方式還真是危險。

就算跟這個世界的人講環保，他們應該也無法理解，因此我只在心裡這麼想。

「不過來得還真多。」

儘管我們看起來好像沒什麼緊張感，但畢竟這一個小時都完全沒戰鬥，只是一直在收集遺物，所以這或許也是無可奈何。

再加上殭屍們即使看見同伴在碰觸到艾莉絲的淨化魔法障壁後被消滅，依然不懂得退縮。

這是因為一旦強大的統率者下令攻擊，他們就只會按照本能靠近眼前這些名為人類的食物。

「布蘭塔克先生，收集到幾人份了。」

「呃……大約八百人。」

我記得在這座魔之森喪命的士兵，大約有兩千人。

所以目前大約有半數已經成佛。

「不過他難道就不能快點出來嗎？」

「這樣我就能擴大範圍，讓他們一口氣成佛了。」

布蘭塔克先生希望能快點現身的，就是可能負責統率這些殭屍的前任布雷希洛德藩侯。

不過就連變成殭屍後，都會受到生前的人際關係束縛。

在得知這件事時，我深深覺得人類真是罪孽深重的生物。

「獵物！吃掉！」

「啊——啊。即使生前是大貴族，變成那樣還是很悲慘。」

在之後的十分鐘裡，我們持續消滅殭屍，接著總算出現一個身上穿著原本應該很豪華又裝飾寶石的生鏽鎧甲、看起來剛步入老年的男性殭屍。

從裝備來看，他一定就是前任布雷希洛德藩侯。
雖然是很稀少的案例，但他明明是殭屍，居然會說話，該說真不愧是前大貴族嗎？
即使他只是遵從本能，不斷重複說「獵物！吃掉！」也一樣。
「布蘭塔克先生，你這樣講太失禮了。」
「我跟前任當家又沒見過面。我效忠的對象，只有現任領主大人。伊娜姑娘呢？」
「他小時候有請我吃過點心，是個溫柔的人……哥哥們是這樣形容他的。」
考慮到遠征的時期，伊娜和露易絲當時應該還是剛出生不久的小嬰兒，當然不可能見過前任布雷希洛德藩侯。
因此就算像這樣幫他說話，感覺也有點微妙。
「溫柔和身為貴族的能力是兩回事吧。」
「就算你這麼說，我也很困擾……」
我斜眼看向毫不掩飾內心想法的布蘭塔克先生和伊娜，緊急擴大探測魔法的範圍。
接著我在半徑兩百公尺的範圍內，探測到約千名殭屍的反應。
「看來沒有遺漏。那麼，一口氣收拾掉他們吧。」
說完後，我將手放在艾莉絲的肩膀上，接著使用廣域擴散魔法。
我為了保險起見而擴張到半徑五百公尺的淨化魔法障壁，毫不留情地將殭屍們溶解，讓他們成佛。

就連最重要的前任布雷希洛德藩侯的殭屍，也因為基本上還是殭屍而輕易被消滅。

剩下的那些附寶石的裝備，成了唯一能夠證明他存在過的證據。

「好——可以停止使用魔法了。」

幾分鐘後，布蘭塔克先生也用探測魔法確認周圍沒有魔物的反應，這樣我們總算完成消滅殭屍的任務。

不過，現在還不到能放鬆的時候。

「快探索周邊的遺物！」

我們緊接著重新探索和回收周邊的遺物。

之前因為有兩千名殭屍在，所以這附近才會完全沒有其他魔物。

然而在他們一口氣全部消失後，魔物有可能會大舉入侵這塊空白領域。

「稍微遺漏一點沒關係。大致回收完畢後就馬上撤退！」

在那之後，我們花了約三十分鐘在這個士兵們喪命的戰場遺址，回收被聖魔法消滅的殭屍的裝備與遺物。

然而此時留下了一個疑問。

「好像沒有前鮑麥斯特家諸侯軍的人。」

「這麼說來，的確是這樣呢。」

艾爾說得沒錯，我們剛才有發現裝備統一的布雷希洛德家諸侯軍的士兵、穿著昂貴裝備推測是幹部的傢伙，以及幾名看起來原本是魔法師的人們變成的殭屍。

所有人都穿著只有經濟力雄厚的布雷希洛德藩侯家才能湊齊的裝備。

鮑麥斯特家諸侯軍的士兵，都是些穿著粗糙又不統一的殘缺鎧甲的農民，只有勉強算是幹部的前侍從長和他的兒子們穿著稍微好一點的鎧甲。

至於魔法師，他們應該窮到連初級的都請不起。

雖然這樣講有點不好意思，但他們是個連被稱做軍隊都有點勉強的集團。

「為什麼沒看見他們？」

為此我再次使用探測魔法搜索周圍，然而半徑五百公尺以內，都沒有包含不死族在內的魔物反應。

因為前布雷希洛德家諸侯軍才剛全滅，因此魔物們還在外圍觀察狀況。

魔物通常都有避開不死族的傾向。

這是因為魔物也不想被不死族殺掉，變成他們的同伴。

「他們和布雷希洛德家諸侯軍分開行動嗎？」

「有這個可能。」

布蘭塔克先生以冒險者的身分累積了許多經驗。

因此他應該是實際有過這樣的經驗吧。

他沒有否定我的意見。

「因為殭屍會受到生前的本能影響。」

身為宗主的布雷希洛德家諸侯軍是當家親自出陣，而鮑麥斯特家諸侯軍則是由侍從長擔任主將。

因此他們可能被前任布雷希洛德藩侯當成家臣隨意使喚。

即使軍隊規模不大，鮑麥斯特家諸侯軍依然是指揮系統不同的軍隊。

身為領主的父親將主將的工作推給侍從長，後者在經歷漫長的行軍後又要跟魔物戰鬥。

擔任侍從長的叔公，應該累積了不少怨恨吧。

「他可能會因為覺得厭惡，而離開那個集團。」

「這種事有可能發生嗎？」

「畢竟原本是人類。」

「還有其他可能性嗎？」

雖然我因為在王都除靈的經驗而變得比較熟悉惡靈系魔物，但可惜我對殭屍一點都不了解，只好求助布蘭塔克先生的知識。

「就算原本是小集團，之後規模還是有可能變大。」

由於殭屍基本上不具備理性，因此即使分割成不同集團，通常還是會透過吞食同類而吸收合併，很少會長時間留下兩個集團。

「惡靈系魔物因為沒有肉體，所以移動得很快。反倒是殭屍系魔物，幾乎不會離開自己死亡的地點。」

「可是找不到呢。」

「雖說不會離開，但還是會在數公里的範圍內移動。因此大概是移動到探測魔法的範圍外了吧。」

我試著擴張探測魔法的範圍，發現在外圍有許多魔物的反應。

雖然有多達數千個反應，但那些魔物並沒有一起攻過來。

我們這邊的人數不多，而魔物在返回這個曾被不死族支配的空間時也會非常慎重，因此只要別在這裡逗留得太久，就不會有危險。

「而且對方也不是笨蛋。我們只靠少許人力就淨化了將近兩千隻不死族，那些傢伙在面對我們時也會特別慎重。」

不過前提是那些魔物都只是普通的魔物。

萬一那數千個反應都是不死族呢？

我腦中湧出這樣的疑問。

「在那些反應裡，會不會也包含了鮑麥斯特家諸侯軍的不死族呢？」

「雖然不是不可能，但數字對不太起來呢。」

鮑麥斯特家諸侯軍不到一百人，但外圍的魔物數量多達數千。

儘管數字的確不合，但總覺得好像有哪裡無法接受。

「那就是他們的數量增加了？」

「數量增加？布蘭塔克先生，有可能發生那種事嗎？」

「不是不可能。」

布蘭塔克先生立刻回答艾爾的疑問。

如果那個小集團的首領很優秀，就有可能增加不死族的同伴。

在那種情況下，新不死族的材料就是他們死前所打倒的魔物，或是之後成為不死族犧牲者的魔物。

「真是討厭的增加方式。」

這的確是很像恐怖電影的討厭增加方式。

「不過……那個首領應該沒這種力量……」

這方面的力量，似乎會大幅受到生前的能力左右。

簡單來講，在軍人的情況，就是擁有率領數千人的大隊長到將軍等級的實力。

而如果對象是魔物，那就要看身為冒險者的本事。

換句話說，生前的實力也是一個標準。

「畢竟是鮑麥斯特家的侍從長……」

雖然否定叔公的能力感覺很失禮，但既然是那個鮑麥斯特家的人，應該不可能有那種能力。

考慮到領地的人口，光是湊齊一百名的諸侯軍就夠辛苦了。

叔公平常應該沒有機會率領多達數千人的軍隊。

「不過說不定他其實很有才能。」
「怎麼說？」
「因為是生在那個領地，所以才只能當到一半算是農民的侍從長，但搞不好他擁有若是生在布雷希洛德藩侯家，就能當到大幹部的才能也不一定。」
即使有才能，也沒有能加以活用的環境和機會。
艾爾認為這世界上，應該也有這樣的人存在。
「原來如此。不過如果真的是這樣呢？」
「我說啊，伊娜。那就表示被威爾探測到的那些傢伙，都是他變成不死族的叔公率領的魔物，而且那些魔物正在虎視眈眈地盯著我們。」
「呃，那不是很不妙嗎？」
「好像非常不妙……」
聽見伊娜和露易絲的對話，我們所有人都緊張了起來。
然後……
「所有人準備戰鬥！」
在布蘭塔克先生大喊的同時，外圍的魔物全都一齊朝位於中心的我們逼近。
那些魔物發動攻擊，打算殺了我們。

「到底有幾隻啊？」

「誰知道！」

然後過了幾個小時。

我們仍在艾莉絲展開的淨化魔法障壁中，與接連朝這裡逼近的殭屍們對峙。

果然絕大部分都是魔物變成的不死族。

然後裡面也摻雜了一些穿著粗糙鎧甲、拿著生鏽長槍的人類殭屍。

從外表來看，他們無疑就是鮑麥斯特家諸侯軍的人。

「要不是有艾莉絲在，我們早就陷入苦戰了。」

多虧站在原地展開魔法、為了集中精神而一語不發的艾莉絲，我們在和舊布雷希洛德家諸侯軍接觸時，才完全沒有和他們直接交戰。

所以我們現在才能和即使碰到淨化之光也不會消失的翼龍不死族戰鬥。

艾爾、伊娜和露易絲是直接攻擊，我和布蘭塔克先生則是利用高集束的火箭魔法接連破壞翼龍不死族的頭部。

停止活動的翼龍不死族，在被淨化魔法消毒後，只剩下魔石和骨頭。

考慮到其他魔物都只剩下魔石，看來即使體型不大，依然不愧是龍。

能當成素材的骨頭遺留了下來。

翼龍不死族黝黑的骨頭，在淨化後變成漂亮的白色。

這樣的光景，看起來實在很不可思議。

「嘖！是飛龍的不死族！」

「這麼說來，艾爾剛才也有說過！」

叔公或許其實很有統率力。

不過區區普通人類和魔物的不死族，應該不可能有辦法應付翼龍或飛龍。

那為什麼這個集團會摻雜著一定數量的翼龍和飛龍？

答案是這個由好幾千隻魔物的不死族組成的軍團，其實都是師傅死前殺掉的魔物。

「威爾的師傅是怪物嗎！」

師傅在力量用盡前，殺了好幾千隻的魔物。

雖然我也不是辦不到，但我只能以給人添麻煩的魔法，將牠們連同周邊的森林一起消滅掉。

不過當時的師傅，必須保護包含前任布雷希洛德藩侯在內的兩千名士兵。

如果我也必須遵守相同的條件，那應該會變得相當困難。

至少現在的我不可能做得到那麼靈巧的事情。

「只能利用時間差，持續在瞬間挑出可能威脅到自己和守備目標的個體或小型集團加以擊倒。所以阿姆斯壯導師才會認同艾弗。」

即使魔力量遜於自己、依然讓人完全不能大意的超技巧派魔法師。

師傅似乎就是這樣的類型。

「不過那位師傅害我們現在遇到了大麻煩……」

露易絲一面抱怨，一面用灌注魔力的拳頭，粉碎行動因為布蘭塔克先生的集束火箭魔法變遲鈍的不死族飛龍的頭部。

失去頭部的不死族飛龍，立刻停止行動。

「不，這是考驗！是師傅給我們的考驗！」

「唔哇！威爾進入忠實弟子模式了！」

「和前陣子的魔像軍團相比，這根本不算什麼！」

「現在比起淨化的委託，還是老家的情勢比較麻煩。」

「唔哇！我都忘了還有這件事！」

基於上次的反省，我增加了用來補充魔力的魔晶石數量，所以過了幾個小時後，我們還是成功殲滅了第二批不死族軍團。

不，還剩下最後一個。

一個剛踏入老年的男子穿著生鏽的全身鎧甲，手拿同樣變成紅褐色的長劍，站在我們面前。

如果是普通的殭屍，在突破艾莉絲的魔法障壁後不可能毫髮無傷。

這表示他應該是殭屍的上位種族。

「看來他的怨恨很深呢。」

「這是當然的。」

「他一定就是前任侍從長。」

「嗯。」

布蘭塔克先生和我，都確定這個不死族就是鮑麥斯特家的前任侍從長。

雖說是主人的命令，但這場無謀的遠征不僅害死了他，還犧牲了他所有的兒子和眾多領民。

分家除了這位前任侍從長的孫女以外，還有許多女性最後得招贅。

她們都是侍奉分家，擔任侍從的家族的女兒。

大家都失去了父親、兄弟或親戚，為了維持家門，只好對外招贅，負擔和男性一樣辛苦的工作。

雖說是侍從家，但在那種鄉下領地，平常就只是普通的農家。

不斷增加的開墾工作，應該讓她們吃了不少苦。

包含這些原因在內，她們最後選擇反對本家。

而眼前這位前任侍從長，或許也能理解這些事情。

他手上雖然拿著劍，但並沒有攻擊我們。

「居然在這麼短的期間內，就變成了巫妖！」

殭屍不可能這麼理性，頂多是像剛才的前任布雷希洛德藩侯那樣，而且那已經算是非常稀有的案例。

「大家，都死了……」

「而且已經死了十五年以上。我們現在只是在淨化他們而已。」

「孫女……」

「她過得很好，而且還把老公吃得死死的。」

因為變成巫妖後就很危險，所以我平常都會立刻使用「聖光」魔法淨化。

不過這位曾經當過侍從長的叔公，眼神看起來非常悲傷。

而且他還和我對上了視線。

面對那雙過於悲傷的眼睛，我實在說不出「那就別讓那個集團攻擊我們啊」。

「他聽得懂嗎？」

「誰知道。也可能是本能地理解到實力差距，所以才停止行動。」

因為是基於本能在行動，所以可能會像野獸那樣，在遇到過於強大的敵人時停止動作。

殭屍和食屍鬼做不到這種事，這種現象只會出現在巫妖這種等級的不死族身上。

站在布蘭塔克先生的立場，對方是剛才派幾千名不死族攻擊自己的敵人，所以他應該不想在巫妖化的叔公面前露出破綻。

光是看見巫妖喪失戰意，還不足以讓他解除備戰狀態。

「曾孫……」

「你的孫女幫你生了一個繼承人和一個女兒。他過得很好。而且長得和你很像。」

「原來如此……相同的血脈……」

看來他果然聽得懂。

而且他也知道我是他的親戚。

「拜託你了……」

說完後，巫妖化的前任侍從長將劍放到地上，就這樣變得一動也不動。

他沒有發動攻擊，應該是要我們直接淨化他吧。

「雖然因為過於憤怒，而在短期間內變成了巫妖，但從親戚那裡聽到家人的消息後就滿足了嗎？」

「或許是這樣，也或許只是認為贏不過小子。」

「那麼，我要用『聖光』了。」

我的「聖光」魔法，讓巫妖化的前任侍從長被徹底淨化到只剩下裝備。

「得把這些東西還給瑪琳二嫂才行……」

如果得和巫妖化的叔公戰鬥，雖然不至於無法取勝，但肯定要花費不少工夫。

不過叔公沒有和我們戰鬥。

他按捺住因為內心的憎恨產生的殺戮衝動，詢問被留下的家人狀況，在知道大家平安無事後，甚至還對我說「拜託你了」。

「沒想到巫妖有辦法壓抑自己的殺戮衝動到那種程度。」

就連原本為了攻擊叔公而準備詠唱強力火炎魔法的布蘭塔克先生，也對這第一次遇見的狀況感到驚訝。

「『拜託你了』嗎……」

他應該是想拜託我照顧他的家人吧。

不如說應該也沒有其他的答案了。

「工作結束了，回去鮑麥斯特領地吧……」

回收完叔公的裝備後，我們決定盡快返回鮑麥斯特領地。

從早上開始就進入魔之森，連飯也沒吃就連續和兩個不死族集團戰鬥，讓我們都肚子餓了。

從樹木間看見的天空顏色，象徵時間已經快到傍晚。

「說得也是。快點離開森林回去吧。」

因為占領這塊區域的幾千隻不死族都消失了，為了填補這塊空白，其他一般的魔物遲早會湧入這裡。

「不，在那之前，要先繞去一個地方。」

「繞去一個地方？啊，是指埃里希哥哥嗎？」

關於鮑麥斯特領地的問題，我們不知道的事情實在太多了。

或許埃里希哥哥會知道些什麼，布蘭塔克先生認為先確認過後再回去也不遲。

「有困擾的時候，就找埃里希哥哥啊。從年齡來推斷，保羅哥哥和赫爾穆特哥哥或許也知道些什麼。」

於是我接受布蘭塔克先生的提議，將大家都叫過來，用「瞬間移動」一口氣飛到王都的布朗特家。

「咦！以前發生過這種事啊！」

「科特哥哥……」

結束魔之森的委託後，我們立刻前往位於王都的布朗特家。

看見我們突然出現在庭院，盧德格爾先生和他們家的傭人們都嚇了一跳。

不過他馬上就看出這不是普通狀況，盧德格爾先生先問我們要不要在埃里希哥哥從職場趕回來前吃點東西，接著就馬上帶我們走進屋內。

此外他好像也幫我們派了使者，去找保羅哥哥和赫爾穆特哥哥。

在那之後過了約兩個小時，三位哥哥聽我說明完領地內的狀況後，都露出凝重的表情。

「埃里希哥哥？」

「雖然我大致有猜到狀況會是這樣……不過克勞斯居然在這時候……」

看來科特的舉動，某種程度上都還在埃里希哥哥預料的範圍內。

即使科特比埃里希哥哥預料的還要愚蠢，但只要有父親在，應該還是有辦法克制他。

不過那也只是暫時的。

「話說克勞斯說的那些話是真的嗎？」

「他的繼承人和蕾拉的未婚夫嗎？是事實喔。對吧，保羅哥哥？」

「嗯。雖然我當時也才四歲，所以是事後才聽說的。」

果然人的嘴巴還是管不住的。
正因為父親下了封口令，所以反而讓謠言在領地內傳開。
在那種沒什麼娛樂的領地，推理真相或許也算是一件趣事。
「只是就算兩人同時掉下懸崖死掉是事實，也沒有證據證明那和父親有關。不過如果只看傳聞，除了主村以外，其他領民都百分之百認定是父親做的。」
雖然領民們都因為被害者是主村名主克勞斯的兒子而不怎麼同情他，但大家都覺得為了強化領地內的體制，領主大人的確有可能那麼做。
似乎有很多領民都因為不想遭遇相同的下場，而盡量不公開談論這件事。
「威爾應該也知道吧？那個懸崖能採到石耳。」
保羅哥哥說得沒錯，那個懸崖的確能採到一種叫石耳的菇類。
因為只要放進那個味道稀薄的湯裡，就能熬出美味的湯頭，所以大家都爭相採集。
不過困難的地方在於石耳算是長得很慢的珍貴產物，而且只生長在懸崖的斜面，採集起來非常危險。
「嗯，我知道。可是……」
父親和那兩個人只是去打獵，目的應該不是石耳。
然而那天似乎有幾個效忠父親的主村村民，為了採石耳前往那個岩場。
克勞斯說的那些人，應該就是他們。

「從狀況上來看，父親的確有可能對那些村民下達指示。不過，那些人同時也是克勞斯的支持者。」

「我還聽說過另一個謠言。」

赫爾穆特哥哥似乎還聽過另一個討厭的謠言。

「因為蕾拉是個美女，非常受男性歡迎。所以有很多村民都想娶她。」

簡單來講，或許那些去採石耳的人，原本只打算殺害蕾拉小姐的未婚夫，但後來因為某些差錯，連克勞斯的兒子都害死了。

「如果是這樣，那和父親無關的可能性……」

「就很高了。」

「不過真相至今依然不明。我們又不能拷問父親，要他從實招來。」

雖然我覺得拷問這個意見太過極端，但既然沒有證據，那我們的確也只能向父親詢問真相。

不過就算問了，也不能保證父親會實話實說。

「所以大家都知道呢。」

「只知道大概而已。就連克勞斯也不曉得真相吧。」

儘管真相不明，但克勞斯因為奇妙的事件失去了自己的愛子和女兒的未婚夫。

他可能是透過憎恨父親，來維持精神的平衡。

「雖然害他這樣的，是父親的壞毛病和蕾拉小姐的事情……」

「這也是原因之一。主村以外的人，應該都認為父親有罪。不過也有其他的可能性。」

埃里希哥哥先聲明這只是他個人的想法，然後開始闡述意見。

「主村的名主克勞斯，同時失去了兒子這個繼承人和女兒的未婚夫。」

這麼一來，將來繼承克勞斯擔任主村名主的，就是蕾拉小姐的新丈夫。

「據說剩下兩個村落的名主，都想讓自己次男以下的孩子和蕾拉小姐結婚。」

如果這個目標實現，很可能就能動搖主村在領地內的優勢。

諷刺的是，主村的其他女婿候選者，似乎就是去採集石耳的那些人。

「蕾拉小姐應該不會想嫁給他們吧。」

應該誰都不會想和有殺害自己未婚夫嫌疑的男人們結婚吧。

「話雖如此，如果讓蕾拉小姐嫁給其他村落出身的人，主村的人一定也會不滿。所以父親才會做出那種決定吧？」

如果是讓領主的庶子繼承，其他村落的名主們應該也無法抱怨。

不過要是父親露骨地干預這件事，也會加深他們的不滿。

所以才會讓克勞斯主動提出這個建議，再讓後者獨占徵稅業務作為獎賞。

從父親的角度來看，要是自己的兒子將來能和徵稅業務有所連繫，那對他也有好處。

儘管從狀況上來說是無可奈何的事情，但還沒幫兒子們服完喪就要配合這種提案，克勞斯心裡應該很不是滋味吧。不過要是拖得太久，主村以外的人又會囉唆個沒完，所以也只能這麼做。

「如果是這樣，你能夠接受嗎？」

「不過這也只是推論。到頭來，真相還是只有父親和克勞斯知道。」

話雖如此，要是像偵探那樣調查，也只會為領地帶來騷動。

而且科特一定又會把我們當成搗亂者，對我們惡言相向。

又不是片長兩小時的推理劇，即使我們真的進行調查，找出真相的可能性也很低。

如果是電視劇，標題或許就會是「冒險者男爵的事件簿。鮑麥斯特領地殺人事件～名主的兒子與女婿為何會死？在背後看見領主的陰謀與美女的眼淚～」也不一定。

「然後關於父親的壞毛病……」

因為我以前在老家是過著那種生活，所以根本不可能知道真相。

不過哥哥他們或許知道些什麼。

「除了我們以外的兄弟姊妹？不能說絕對沒有呢……」

光是身為正妻的母親就生了六個兒子，身為妾的蕾拉小姐也生了兩男兩女。

即使這個世界的出生率原本就比現代日本高，還是超出平均的狀況。

因為沒有小孩而讓家裡的香火斷絕，確實也是個問題，但像我們家那樣的弱小貴族，孩子太多也是個問題。

要是因為爭奪繼承權和財產發生嚴重的爭執，就會以醜聞的方式傳開。

只要看過那對盧克納兄弟，應該就能明白。

雖然他們家的狀況，和兄弟的數量好像沒什麼關係。
也因為這些原因，這方面的控制也是優秀貴族的必要條件。
「和威爾關係惡劣的盧克納會計監察長，也是因為擔心會造成繼承糾紛，才不認羅德里希這個兒子吧？」
雖然這絕對不是值得誇獎的作法，但因為總比產生繼承糾紛要好，所以也只能狠下心腸。
按照埃里希哥哥的說法，這也是貴族。
「一般來說，都是偷偷包養愛人。另外也有貴族專用的店。」
儘管價格昂貴，但這世界也有避孕藥，如果發現得早，也還有打掉孩子這個方法。
不過能做到這種事的，就只有都市地區的貴族，或是地方的大貴族。
「地方的小貴族，不太會考慮家庭計劃這種事。」
因為是住在鄉下，周圍又只有想討好自己的領民，除了打獵以外也沒什麼娛樂。
所以似乎有很多領主會對領地內的美女下手。
因此哥哥們也無法保證父親絕對沒有其他孩子。
不過再怎麼說，父親也不至於把女人帶回家，或是犯下被哥哥們親眼看見的失誤。
「再來就是我們那裡，聚集了從各地移民過來的人吧？」
按照保羅哥哥的說法，雖然王都周邊和北方的狀況並非如此，但靠近南部的鄉下農村，居民對性都比較開放。

感覺就跟江戶時代的農村差不多。

「在主村以外的居民當中，也有從南部或靠近西部的農村搬來的人。」

雖然似乎禁止對未婚的女性出手，但好像還有只要結過婚並生下繼承人，無論男女都能自由出軌的風俗。

「因為已經有繼承人，所以就算生下外遇對象的孩子，也不會覺得有什麼關係。鮑麥斯特領地也有許多出身其他地區的人，所以現在幾乎已經沒有這樣的風俗。但在赫爾曼哥哥和我小時候，或許還殘留了一些。」

正好就在那時候，教會終於蓋好了，隨著一位曾在王都退休過的老神父前來赴任，那樣的風俗也開始銷聲匿跡。

「因為教會討厭私通。」

按照教義，如果真的想那麼做，就要先正式獲得妻子的允許並私下進行，所以和地球的基督教還是不太一樣。

在移民初期，認為這種事情是理所當然的居民和沒有這種風俗的居民間，似乎經常起衝突。

大概是無法容忍其他已婚的姦夫誘惑自己的妻子吧。

「克勞斯年輕時，也曾經為了仲裁這些事費了不少工夫吧？」

「那父親呢？」

「例如年輕氣盛的時候？或是母親懷孕的時候嗎？」

站在名主克勞斯的立場，無論是在主村還是其他村落，都必須好好顧慮沒有這種風俗的人們。
或許父親是在顧慮有這種風俗的人們。
「尤其是如果女性主動邀約，男性好像就不能拒絕。」
「那種風俗真好。」
「那個，露易絲小姐……」
雖然同伴裡有個危險的女人，但我刻意忽視她，話說要是被老婆婆邀約也不能拒絕，那應該算是一種拷問了吧。
除了有這種特殊興趣的人以外。
至少我是完全沒有這種興趣。
「父親也無法拒絕那些女性們的邀約。身為領主，必須盡可能接受領民們的陳情，再來就是實際上也無法抗拒誘惑吧？」
再來就是如果之後對方懷孕，或許會造成糾紛。
按照風俗，那個孩子將被當成是那位女性家的孩子。
換句話說，就是變成女子法定丈夫的小孩。不過如果是領主的小孩，或許會有女性無視風俗主張權利也不一定。
「這時候問題就在於因為是外遇，所以無法百分之百保證是父親的孩子。」
也有可能單純只是和原本的丈夫生的小孩。

「丈夫那邊或許也會認為若那孩子是父親的小孩，自己就能獲得優待，因而和妻子一起主張權利。然後這方面的善後處理……」

就成了討厭這種會擾亂領地內秩序的風俗的克勞斯的工作。

結果那個被生下來的孩子因為可能造成繼承糾紛，所以最後都被送離了領地。

無論在人口方面還是生產力方面，克勞斯都被迫承受了不少辛苦，他應該對此非常不滿吧。

「不過這也只是推論。」

無論如何，我們都無從確認真相。

就我個人來說，我是覺得「失去兒子和女兒未婚夫的克勞斯令人同情……」。至於父親，我也只能說「拜託你行動時多注意一點，別讓自己顯得那麼可疑啦」。

「威爾還是只能回去一趟。畢竟你已經成了足以左右那個領地情勢的大人物。雖然對當事人來說有點不好意思，但無論是克勞斯對父親的怨恨，還是父親的壞毛病是不是事實，都已經是細微末節的問題。」

按照埃里希哥哥的說法，儘管鮑麥斯特領地至今都勉強維持現狀，但打從我重新踏入那個領地，那裡就開始逐漸失去原本的秩序。

「領民們也不是笨蛋。他們早就知道威爾已經是其他家的當家。不過只要威爾成為領主，大家就不必再過著苦等造訪次數不多的商隊的生活。如果未開發地的開墾有所進展，或許就有機會和其他土地展開交流。為了這個目的，即使有可能發生混亂或因此造成傷亡，那也是無可奈何。所以……」

「所以？」

「威爾只能治理那裡了。這也是出生在貴族家的宿命。」

「好吧……」

埃里希哥哥認為事到如今，也只能靠我設法解決了。

話雖如此，因為實際上還沒真的發生什麼事，所以現在也只能先回去鮑麥斯特領地。不過回去之後，狀況或許就會有所改變。

「你們今天就先住下來吧。然後，保羅哥哥。」

「果然有可能會發生什麼事啊。雖然我按照埃里希的吩咐請了假，但上司不僅沒抱怨，還幫我加油打氣。」

大概是艾德格軍務卿有私下通知那位上司吧。

那位上司似乎還順便從保羅哥哥在警備隊的同僚和部下中，挑了幾名身手不錯的人同行。

「如果只有我會讓人不放心。考慮到威爾現在的立場，包含我在內，這些人都是你的肉盾。畢竟萬一威爾死了，大家都會非常困擾。」

雖然考慮到我們隊伍的戰力，應該不會犯下那種失誤，但為了避免被突襲，還是需要護衛。

不如說明明不知道科特在鮑麥斯特領地說了那些蠢話，居然還能做好這些準備，難道艾德格軍務卿的直覺也和導師一樣敏銳嗎……

這表示他不是普通的愚蠢軍人。

「王都的警備隊就算少了我們也能正常運作。多派幾名人手幫忙並不成問題。事情就是這樣，明天早上也帶我們一起去吧。」

「我知道了。」

保羅哥哥似乎預定將和五名協助者與我們同行。

在選拔成員時，比起指揮能力，更注重個人的武藝，但當中似乎有一個人原本並不是警備隊的成員。

「雖然我的上司叫我們帶那個人一起同行，但那傢伙一定是艾德格軍務卿推薦的人。據說是使用戰斧的高手。」

從人數上來看，必須要來回三趟，而且還得偷偷移動到老家後面的森林裡。

「那麼，明天早上在布朗特家的庭院集合。」

「我知道了，我會轉達給其他協助者。」

「可以的話，希望什麼事都別發生。」

「就連頭腦不好的我，也知道機會渺茫。」

大致討論完後，我們為了替明天作準備而早早就寢。

然後隔天早上。

「早安，威爾。我來替你介紹這些護衛。」

保羅哥哥準時帶了五名護衛過來。

奉艾德格軍務卿的命令，在最壞的情況下，他們即使犧牲自己也要守護我。

「感覺有點太誇張了。」

「一點都不誇張。要是威爾死了，霍恩海姆樞機主教、盧克納財務卿和艾德格軍務卿可是會昏倒啊。即使什麼都沒發生，還是必須帶著護衛。」

聽完狀況後，埃里希哥哥他們似乎認為鮑麥斯特領地已經陷入半內亂狀態。

所以不可能只讓我和隊伍的成員一起回去。

「既然如此，那就請多指教啦。」

「開始介紹吧。」

總共增加到十二人的鮑麥斯特領地旅行團，開始互相自我介紹。

「我叫席格哈特．馮．維克托．盧默。是盧默騎士爵家的三男。」

第一個人年齡看起來約十八歲？身高和我差不多、金髮碧眼的俊美少年如此自我介紹。

他似乎是曾在武藝大會打到決賽第二戰、經驗豐富的劍術高手。

「雖然是我的後輩，但他的職等跟我一樣是小隊長。有幾十名部下。」

「武藝大會決賽第二戰……和預賽第一戰就落敗的我是不同世界的人……」

「我倒是比較羨慕會用魔法的鮑麥斯特男爵。」

再來是身高約一百七十公分，特徵是微胖的體型和平順的黑髮，看起來約二十多歲的男性。

「我叫奧特瑪．馮．布萊布特羅伊。是布萊布特羅伊準男爵家的四男。」

他擅長的武器，是在貴族當中非常少見的大木槌。此外劍術也有一定的水準。

而且果然也和保羅哥哥一樣，同樣擔任警備隊的小隊長。

「保羅哥哥。」

「別說了。包含我在內，警備隊裡的人大多都是這種背景。順帶一提，他和我同期。」

貴族的庶子只要找不到工作，就先試著加入軍隊。這點無論哪個世界都一樣。

「人果然需要同期的朋友。沒想到保羅是那個屠龍英雄的哥哥。我還以為只是家名相同的其他人。」

「吵死了。」

「唉，別這麼冷淡嘛。身為貧窮的名譽準男爵家的四男，這可是我人生最大的機會。就算殉職，我也要保護鮑麥斯特男爵。」

「不！別殉職啊！」

要是真的有人死在我面前，我一定會大受打擊，拜託千萬別這麼做。

「高特哈爾．泰奧多里希．菲利浦斯。」

第三個人身高約一百八十公分。

外表約二十歲的男子將偏白色的銀髮留到腰際，纖細的身材與冷淡的語氣令人印象深刻。

他是菲利浦斯子爵家的三男，並擁有第八位的位階。

雖然直到父親死前都會被當成貴族，但由於獲得爵位非常困難，因此以這個身分來說，不管再怎麼努力都無法成為貴族。

即使如此，光是能在警備隊任職就已經算很好了，他維持冷淡的語氣說明自己擅長使用以突刺為主的細劍和刀子。

「我叫魯迪・爾本・萊斯特。請多指教。」

這個人應該有三十來歲。

留著褪色褐髮的他，看起來就像個隨處可見的大叔。

他的老家是間小食材行，因為是不能繼承家門的次男，所以才加入了警備隊。

身為平民卻有姓氏，是因為祖先是貴族的小孩。

似乎是認為可能對生意有幫助，才使用這個名字。

至於實際上有沒有派上用場，至今依然不明。

「自從入隊以來，我已經當了二十年的勤務兵，請別對我的實力抱持太大的期待。」

「那你為什麼會加入？」

「保羅大人是以類似地方巡檢官的身分前往鮑麥斯特領地。形式上也需要勤務兵。所以我才會跟各位同行。」

雖然警備隊那邊算是請假，但保羅哥哥需要有名義才能進入鮑麥斯特領地。如果只是基於私人目的獨自返鄉也就算了，但他還帶著幾名護衛。

所以才會利用地方巡檢制度。

「不過，那不是幾乎已經徒具形式的制度嗎？」

「沒想到艾爾居然知道！」

「露易絲，妳這樣講也太失禮了。」

地方巡檢官，是王國為了確認委託掌管領地的貴族有沒有好好維持領地內的治安，而定期派人過去檢視的制度。

雖然這個制度在戰亂期有發揮一定程度的效果，但現在已經變得徒具形式。

貴族們也討厭外人來干預領地的治安，何況地方巡檢官還會收集領地的情報，以防貴族未來叛變。

一開始就連地方巡檢官的人事費用，都要由被視察的貴族負擔，這也是愈來愈多人反對這項制度，讓這項制度逐漸變得徒具形式的原因之一。

「他們也曾經來過我家。」

根據艾爾的說法，那現在似乎已經變成連十年會不會來一次都很可疑的制度。

視察本身也只是一個形式，在看完領主準備的場所後就結束了。

再來就是讓領主幫忙出地方巡檢官的住宿費和餐費。

雖然像布雷希洛德藩侯這種大貴族每年都會有視察，但是地方的小貴族，狀況就和艾爾家差不多。

「領主大人曾經嘟囔過這根本就是以制度為名義進行的敲詐……」

這個制度之所以沒消失，是因為變成了缺錢的貴族子弟的臨時打工。這個工作必須經常出遠門，王國給的報酬也不差，無論是移動中還是待在視察地的期間，都不用擔心生活費。

「也就是貧窮貴族子弟專用的臨時打工。視察只是個形式，雖然不像以前那麼誇張，但還是要花費時間與金錢。」

布蘭塔克先生曾經看過布雷希洛德藩侯抱怨「姑且不論錢，真是浪費時間」。雖說只是個形式，但畢竟還是視察，因此布雷希洛德藩侯本人必須花時間替他們帶路。

「即使如此，有來就已經算很好了。」

「這樣有比較好嗎？」

「從來沒有那樣的人來過我們老家。」

據保羅哥哥所言，鮑麥斯特領地似乎從來沒有那種訪客。

「因為是連治安都談不上的領地，所以誰也不想去。」

那塊領地的確是不值得特地派人來視察。

叛亂的可能性也幾乎是零。

不如說可怕的是，就算那裡以前真的叛亂，中央的人也不會當一回事。

「因此我被任命為第一個前往鮑麥斯特領地視察的地方巡檢官。就算真正的目的是擔任威爾的護衛。」

「雖說徒具形式，但地方巡檢官依然是王國政府的重要工作。所以才會派像我這樣的勤務兵來照顧保羅大人。」

「真的只是形式而已。」

只要看過我們家的庶子就會知道，保羅哥哥一直都是自己打理自己的生活。

即使如此，他的立場還是跟以前不一樣了，所以才像這樣派了一個勤務兵給他。

「喂，我肚子餓了。」

「等介紹完再說吧。」

然後是最後的第五個護衛的介紹，那個人的存在可以說和其他人都不一樣。

雖然不是像警備隊那樣的軍人，但因為聽說是艾德格軍務卿推薦的戰斧高手，所以我本來以為會來個非常壯碩的男性。

然而眼前卻是個一面拉著保羅哥哥的袖子，一面不斷喊著「我肚子餓了」的少女。

「那個……這個女孩是來替哪個護衛送行的嗎？」

「第五個護衛，就是這個女孩。」

「肚子好餓。我叫薇爾瑪・艾托爾・馮・亞斯哥罕。」

居然在自我介紹前面插一句「肚子好餓」，看來她的肚子真的很餓。

因為她一直纏著保羅哥哥要食物，再加上她的身材又和露易絲差不多，所以看起來簡直就像是他的女兒。

「她看起來跟你很親近。」

「是嗎？總之這女孩真的很會吃。」

昨晚艾德格軍務卿的家臣，似乎將這個女孩連同銀板一起留在保羅哥哥家。

「銀板應該是餐費吧。我本來還在想真不愧是艾德格軍務卿……」

因為是艾德格軍務卿送來的客人，因此保羅哥哥的太太煮了一頓豐盛的晚餐。

然而……

「後來又追加幫她做了好幾次飯。要不是有那塊銀板，我家這個月的家計就危險了……」

此外，雖然她現在又說肚子餓了，但她早餐似乎吃了五人份。

「這樣啊……」

儘管外表看起來實在不像是戰斧高手，但她沒拉保羅哥哥袖子的那隻手，正拿著一隻握柄比她的身高還要長、同時具備兩片巨大的斧刃與銳利槍尖的特製戰斧。像那麼重的戰斧，至少我是連拿都拿不動。

「虧她有辦法拿得動那麼重的戰斧……」

看來她遠比外表看起來還要有力氣。

「薇爾瑪小姐……」

「叫我薇爾瑪就行了。」

「薇爾瑪今年幾歲？」

「十三歲。我肚子餓了。」

「了解！」

總而言之，她的肚子似乎餓了。

我從魔法袋裡拿出之前市集賣剩的點心交給她後，她馬上開始吃了起來。

那個樣子看起來就像隻小松鼠，因為她將粉紅色的頭髮綁成丸子狀，所以是隻像粉紅色丸子的松鼠。

這個世界和我的前世不同，有許多人的髮色都很奇特，看起來非常有趣。

「味道沒有很甜，很好吃。」

「那真是太好了。」

「我還要。」

「好……」

雖然她很會吃，但似乎不是味覺白癡。

這個點心是一間在王都也很有名的店家的商品，但薇爾瑪毫不客氣地一直吃。

「那個，保羅哥哥……」

「別提了……」

居然要帶一個才十三歲的未成年少女去可能會發生內亂的地方。

儘管這好像不太好，但既然是艾德格軍務卿推薦的人，保羅哥哥似乎也不能怎麼樣。

「不過這女孩是這次的護衛裡最強的一個。」

「咦！是這樣嗎？」

「保羅先生說得沒錯。因為就連瓦倫大人都要很辛苦才能贏過她。」

我本來以為其他對自己的實力感到自豪的護衛會出言反駁，沒想到席格哈特先生馬上就承認這是事實。

「這女孩是英雄症候群的患者。」

「我第一次看見實例。」

英雄症候群，是這世界一種原因不明的遺傳性疾病。

不僅身體的肌肉密度過剩，患者還擁有能讓極小的魔力粒子有效率地纏繞在肌肉纖維上的體質。

雖然我在書上看到時就覺得很意外，但這就是中二病的概念實現後的樣子啊……真是讓人感興趣。

「雖然力氣不像導師那麼大，但她能以極少的魔力，長時間發揮遠勝一般人的力量。如果只看消耗燃料的效率，那導師根本比不上她。」

不愧是布蘭塔克先生，他似乎知道薇爾瑪的事情。

不過薇爾瑪的外表看起來沒什麼肌肉。

只是個隨處可見的普通少女。啊，她的胸部也比露易絲大。

不如說，或許尺寸和伊娜差不多。

但要是說出口一定會被她們兩人揍，所以我什麼也沒說。

因為問題在於肌肉密度與魔力連接的體質，所以英雄症候群無法光靠外表判別。

如果這次的事件有發生戰鬥，那對手很可能是人類。

所以能夠理解為何會派薇爾瑪過來。

「每一千萬人裡，頂多只有一個人有英雄症候群。是比魔法師還要稀有的存在。」

扣掉魔法師，他們在對人戰方面可以說是最強，但做為代價，如果他們沒攝取過多的熱量，很快就會餓死。

視出生的家庭而定，也可能在發揮才能之前就先餓死。

「所以她才會肚子餓啊。」

「謝謝招待。這樣就穩定下來了。艾德格大人吩咐我保護鮑麥斯特男爵大人。」

這個女孩，就是艾德格軍務卿隱藏的王牌。

女性要加入軍隊非常困難，而她本人也還未成年。

雖然不適合一般的工作，但能擔任我的護衛。

事情似乎就是這樣。

「吶，艾莉絲。」

「是的。亞斯哥罕準男爵家是代代軍人輩出的名譽貴族家，同時也和艾德格軍務卿有親戚關係。」

要是這時候讓我死掉會很困擾，外加艾德格軍務卿也想藉由幫忙解決我老家的事情賣我人情，以取得開拓未開發地的特權。

雖然看起來像是個典型的軍人，但艾德格軍務卿果然也是個大貴族。

「艾德格大人還有交給我另一個工作。」

「另一個工作？」

「因為那裡是個沒什麼娛樂的鄉下，所以他要我在晚上陪伴鮑麥斯特男爵。」

「……妳知道自己說的話是什麼意思嗎？」

「大概知道……只要不無聊就好。」

畢竟是貴族之女，十三歲應該就已經理解這方面的事情，但她的外表和說話方式，又讓人覺得她好像不懂。話說真希望她別在艾莉絲她們面前光明正大地說出這種話。

因為她們三人雖然好像笑著把這當成玩笑看待，但說不定心裡其實很生氣。

「聽說鮑麥斯特領地連店家也沒有。所以需要娛樂。」

「反正拜科特所賜，我們根本就不會無聊。」

我好不容易下定決心要解決老家很可能會發生的混亂。

沒想到艾德格軍務卿居然送了個這樣的炸彈過來，看來他也不是個簡單的人物。

然後面對這樣的狀況，艾莉絲她們……

「真是個可愛的女孩呢。會激起別人的保護慾。」

艾莉絲從水壺倒了一杯瑪黛茶給薇爾瑪，但因為剛才的發言，怎麼看都像是想立刻籠絡她。

「艾莉絲有點恐怖……」

「唔唔！身高和我差不多，不過胸部！胸部遠勝於我！」

伊娜因為出現新的側室候補而嘆了口氣，露易絲則是在發現年幼的薇爾瑪胸部比自己大後，產生了危機感。

第七話　滯留鮑麥斯特領地，與科特的糾紛

「好了。我們到了。」

「不過『瞬間移動』還真是方便呢。」

在飛到王都與埃里希哥哥們商量和老家有關的各種麻煩的隔天。

我們再次回到鮑麥斯特領地。

話說回來，我們明明昨天才在魔之森與普通的冒險者絕對不會想遇到的不死族集團戰鬥了兩次，結果卻因為老家的事情而沒留下什麼深刻的印象。

不如說唯一還記得的，就只有巫妖化的叔公態度令人動容。

他因為一場荒謬的遠征喪命，那股憤怒讓他以遠勝其他不死族的速度變成了巫妖。

不過在發現我這個親戚，並從我這裡得知家人的狀況後，他就徹底喪失戰意。

只留下了一句「拜託你了」。

我用「聖光」讓他成佛，並決定介入老家的騷動。

在那之後，雖然我去了王都的布朗特家找埃里希哥哥商量，但結果還是不曉得克勞斯說的話是不是事實。

雖然不是全部都是真話，但也並非全部都是謊言。
大概就是這種感覺吧？
而且埃里希哥哥是這麼說的。
我的影響力已經太大，無論那些話是不是事實，都已經是細微末節的問題。
與其花時間調查這種事情，不如設法解決老家的混亂。
埃里希哥哥說的沒錯，這樣未來也比較不需要花費不必要的勞力。
在被人憎恨這方面，反正科特都已經是這個樣子，所以也沒什麼好在意的了。
我決定要親手奪取老家的領地。
話雖如此，我可不想自己開發領地，因此我預定只提供資金，剩下全部委託給其他人。
如果用前世的方式來形容，就是在玩歷史模擬遊戲時，將擅長政事的部下任命為太守，派他去管理沒有與敵國鄰接的領地，這樣過了一段時間後，真不可思議。部下自己增強國力，還送了金錢和物資到前線，大概就是這種作戰。
因為這次沒有必須送金錢和物資過去的前線，所以只要能增強領地的國力就算成功。
順帶一提，如果最後失敗，我打算立刻逃亡到阿卡特神聖帝國。
希望阿卡特神聖帝國那裡的食物好吃。
不過我已經知道那裡的海鮮很美味，所以應該不需要太擔心。
在聽完埃里希哥哥他們的話後，我們決定隔天返回鮑麥斯特領地，並讓護衛與我們同行。

盧克納財務卿和艾德格軍務卿想必有事先和埃里希哥哥打過招呼，幕後黑手應該就是他們兩個。

保羅哥哥和五名護衛被命令與我們一起回去。

而且為了讓保羅哥哥有理由進入領地，他還被任命為地方巡檢官。

看來王國不惜做到這個地步，也要利用我手邊的資金開發王國南部的未開發地。

原來如此，反正是用別人的錢，就算失敗也不會影響到王國的財政。

貴族真是種討厭的生物。

然後，隔天早上。

我得知這些優秀的護衛，似乎大多都是貴族子弟。

其中還摻雜了一個困擾的人。

那就是艾德格軍務卿的親戚，一個未成年的少女。

然而因為一種叫英雄症候群的體質，那位名叫薇爾瑪・艾托爾・馮・亞斯哥罕的戰斧高手，力氣大得可怕。

而且她還是那個艾德格軍務卿的王牌，無疑是我的側室候補。

或許我的後宮傳說即將就此開始。

不過我在前世時光是一個人就處理不好了，坦白講真希望他們能夠放我一馬。

「吶，艾莉絲。」

「是的，有什麼事嗎？」

因為人數增加了，我們總共用了三次「瞬間移動」才移動到位於鮑麥斯特家後面的森林，但我目前在意的是那個名叫薇爾瑪的少女。

「關於那女孩……」

要是她又開始喊「肚子餓」會很麻煩，因此我事先給了她大量的糖果。

薇爾瑪舔著糖果，似乎正在和保羅哥哥的護衛們商量什麼事。

大概是在討論護衛計畫吧。

「雖然她的言行確實有點幼稚，但應該是個聰明的人。」

護衛們的工作是保護我。

所以他們五個人才聚在一起商量計畫，但薇爾瑪也正常地參與討論。

看來不能僅憑一開始的印象來判斷她。

「妳以前認識她嗎？」

「只聽過傳聞。」

薇爾瑪似乎是亞斯哥罕準男爵家的三女。

亞斯哥罕準男爵家是軍人世家，同時也是艾德格軍務卿的親戚，因為是名譽準男爵家，所以薇爾瑪就連能不能拿來當政治聯姻的籌碼都令人懷疑。

再加上英雄症候群這個不利的條件。

「總之如果不大量進食就會餓死，所以如果不先成長到一定程度，就會是個不利的條件。」

雖然只要教她武藝讓她戰鬥就會很強，但在將她培養成那樣之前，得先花比一般小孩多好幾倍的餐費。

儘管是很可惜的才能，但亞斯哥罕準男爵家也沒辦法把錢都花在她身上。

亞斯哥罕準男爵家並沒有富裕到能讓世人羨慕的程度。

如果是男人，那還能利用那股力量加入軍隊，或是在武藝大會上打響名號，靠那份功績入贅只有生女兒的貴族家。

但薇爾瑪是女性。

以這個國家的現狀來看，除了當冒險者以外，像她那種人的容身之處其實意外地少。

「不過那女孩好像從小就很堅強。」

「保羅哥哥？」

「我是從艾德格軍務卿的家臣那兒聽來的。」

薇爾瑪並不笨，所以似乎不想給老家添太多的麻煩。

她大約十歲時，就帶著家裡的武器前往艾德格軍務卿家。

薇爾瑪在艾德格軍務卿面前展示自己的力量，藉此向他推銷自己。

雖然女性不太好利用，但對艾德格軍務卿那種大貴族來說，棋子當然是愈多愈好。

「覺得薇爾瑪可能派得上用場的艾德格軍務卿不僅養育她，還幫忙鍛鍊她。」

除了讓她學會能活用那股蠻力的戰斧術外，艾德格軍務卿似乎還幫她出了學費與餐費。
然後，他現在終於找到能最有效地利用她的方法。
現在要是太露骨地想讓其他女性接近我，很可能會被霍恩海姆樞機主教抱怨。
不過如果是能同時勝任護衛與冒險者工作的女性，就算是他也無法有意見。
「現在的威爾，同時也是冒險者。所以就算帶政治聯姻用的貴族小姐來也沒用吧？」
「的確，因為那種人只會礙事。」
雖然我現在因為老家的事情而暫時放下工作，但我之後預定以冒險者的身分帶隊伍成員到王國各地工作，就算介紹那種深閨大小姐給我，也只會讓我覺得困擾。
「如果是薇爾瑪，就完全不會顯得不自然。」
她不僅能以冒險者的身分進入魔物領域戰鬥，也能像這次一樣擔任護衛。
可以說是最適合待在我身邊的人才。
「薇爾瑪之後會跟著威爾。」
「喔……」
在我和保羅哥哥談話的期間，剩下的五人似乎也商量好了。
儘管五人都是我的護衛，但保羅哥哥還有地方巡檢官的工作。
話雖如此，若一般來說應該會先發通知、再走一個半月的山路來這裡的地方巡檢官和我們一起出現，而且團長還是保羅哥哥，那就算是科特，也一定會認為背後有其他的企圖。

他應該會發現王國政府對這塊領地的統治體制有所不滿。

就某方面來說，這也算是宣戰布告。

「雖然不知道父親在想什麼，但科特哥哥的怨恨應該也會指向我。這樣就能減輕威爾的壓力。」

無論如何，保羅哥哥一開始都得先去和父親和科特打招呼。

因為他是以地方巡檢官的身分來到這裡。

「席格哈特他們隸屬警備隊，而且是貴族子弟，所以被任命為團員。」

因此他們也必須和保羅哥哥一起去打招呼。

「不過薇爾瑪不是團員。」

「我是鮑麥斯特男爵的私人護衛。」

薇爾瑪吃著我給她的糖，說明自己的工作。

不過真虧她沒得糖尿病。

「另外，還要配合他的需要侍寢。」

「這個晚點有必要再商量。」

「既然鮑麥斯特男爵大人都這麼說了。」

薇爾瑪並沒有堅持要和我一起睡。

雖然不曉得她是因為不清楚意思，還是認為太強硬不好。

總之她又繼續咬糖果。

不是用舔的，而是直接吃。

「那糖果好吃嗎？」

「好吃，我之前就很想吃這間店的糖果。不過我自己沒辦法買。」

因為是王都某間貴族專用店的糖果，所以薇爾瑪以前似乎沒吃過。

無論是在老家，還是在照顧她的艾德格軍務卿家，應該都無法提出這麼奢侈的要求。

一想到這裡，我就覺得這女孩有點可憐。

即使這就是艾德格軍務卿的企圖。

「不過，我覺得糖果用舔的應該會比較好吃。」

「我下次會這麼做。」

總而言之，這樣所有人的目的地和事前商量都結束了。

成員增加到十二人的我們走出鮑麥斯特家後面的森林，去找父親和科特。

「保羅……不，應該稱你鮑麥斯特卿吧。」

兩年前，隨著赫爾穆特哥哥入贅王都鮑麥斯特家，保羅哥哥也幾乎同一時間被授予名譽騎士爵的爵位。

因此即使對方是自己的親生兒子，父親依然將他當成同爵位的貴族應對。

不過包含我的男爵家、王都的本家、新名譽騎士爵家，以及這塊領地在內，鮑麥斯特家的數量就像變形蟲一樣不斷增加。

「好久不見了。其實，我前陣子被王國任命為地方巡檢官。」

雖然明明這塊領地已經建立了百年以上，王國政府卻一次也沒派巡檢官來是件奇怪的事，但考慮到視察需要的移動時間，的確是無法輕易派人過來。

所以王國政府這次讓能用魔法移動的我擔任運送人，並任命熟悉現場情況、隸屬王都警備隊的保羅哥哥為巡檢官。

保羅哥哥在說明的同時，拿出由王國政府發行的正式巡檢官任命書，以及王國政府交給父親，請他協助巡檢官的合作命令書。

「雖然只能在這裡講，但地方巡檢官的實情就和傳聞的一樣，所以不需要太過警戒。」

「我們領地很少發生犯罪。」

「這我也知道。」

保羅哥哥和父親都各自裝傻地說道。

因為包含保羅哥哥本人在內，大家都知道他來這裡的理由。

「那麼，旁邊的男爵大人呢？」

「失禮了，科特大人。」

雖然科特在看見保羅哥哥的臉後，表情就繃得更緊了，但他接著詢問我來訪的目的。

結果前陣子商談的任務到底是成功了？還是失敗了？

儘管結果一定是這兩個其中一個。

「任務順利成功了。回收鮑麥斯特家諸侯軍遺物的工作，也大致完成了。」

「這樣啊。」

「關於遺物的事情，應該只能請遺族親眼確認。」

這麼一來，就需要將遺族集中到某個地方。

我記得鮑麥斯特家諸侯軍的犧牲者是七十七人，因此能容納所有遺族的地方，就只有之前舉辦市集的那個廣場。

「請幫忙叫他們在傍晚集合，確認遺物。」

「不，沒這個必要。直接把可能的全部留下來。」

「啊？」

然而這時候科特又說了蠢話。

「我們這裡是貧窮的農村。要是你像之前開市集那樣隨便就要我們召集領民，只會造成困擾。確認遺物的事情，就交給我處理。」

「不，請容我拒絕。」

「你說什麼！」

「這有什麼好生氣的？」

應該是因為在打什麼不好的主意，所以才會生氣吧。

基本上，我的委託人是布雷希洛德藩侯。

既然委託人說過希望將遺物還給遺族，那我就必須確認這件事是否有被確實執行。

若交給科特處理，或許他會把東西全收進自己的口袋裡。

雖然他應該不至於連那些生鏽的武器或防具都占為己有，但我們連錢包等遺物都幾乎全部帶回來了。

那似乎是在遠征地狩獵的成果，士兵們因此從前任布雷希洛德藩侯那裡獲得了臨時報酬。錢包內裝了比想像中還要多的銀幣。

「（連遺物的錢包內容都想占為己有啊……）因為布雷希洛德藩侯有吩咐我必須負起責任，將遺物直接還給遺族。」

「你這傢伙！我可是這塊領地的！」

「預定成為下任領主的人對吧。鮑麥斯特卿？」

面對我的諷刺，科特的臉又變得更紅了。

或許是覺得這個狀況不太好。

父親難得搶先向我搭話。

「召集遺族確認遺物是沒問題，但真的有辦法辨別嗎？」

「其實比布雷希洛德家諸侯軍要容易多了。」

就布雷希洛德家諸侯軍的狀況來說，前任當家、幹部們和魔法師的裝備都不太一樣，非常容易辨認。

不過如果是一般士兵，因為大家的裝備都一樣，所以很難判別所有者。
反倒是鮑麥斯特家諸侯軍的東西比較好認。
因為每個人的裝備都不統一。
「我知道了。我允許你們這麼做。就叫遺族們傍晚到廣場確認遺物吧。」
選在傍晚，是因為那時候農務就已經結束了。
「另外雖然我認為這塊領地內應該沒有那種人，但為了避免有人假冒遺族詐領遺物，你們可以叫克勞斯過去幫忙。」
父親露出有些陰暗的表情，告訴我們可以找克勞斯幫忙。
父親與克勞斯。
因為過去的因緣，兩人的關係實在稱不上良好。
不過考慮到能力，父親根本沒辦法不任用克勞斯。
而且他似乎也知道要是把這個工作交給科特，只會再製造更多的麻煩。
「今天先談到這裡就行了吧？至於巡檢官大人，就由我帶他去領地內視察。」
父親今天似乎預定帶保羅哥哥去視察領地。
雖然保羅哥哥接下來將執行地方巡檢官原本的工作，但連科特都已經發現保羅哥哥他們是我的護衛了。
話雖如此，也不能就這樣放棄表面的名義，父親若無其事地帶保羅哥哥去視察領地，保羅哥哥也象徵性地去檢查熟悉的領地內是否有治安問題。

內在已經是大叔的我，在心裡想著「這就是所謂的大人」。

「話說鮑麥斯特男爵大人今天有什麼預定嗎？」

因為傍晚才要開始辨識遺物，父親問我在那之前打算作什麼。

「我們有很多人要留在這裡幾天，所以可以的話……」

「嗯，的確有去狩獵或採集的必要。」

不如說如果不這麼做，之後可能又得吃那些乾巴巴的黑麵包和沒味道的湯了。

現在的我，實在是不想再吃那些東西了。

「我允許你們進行採集和狩獵，但在那之前……」

「在那之前？」

父親提醒我忘了一件最重要的事情。

「媽，好久不見了。」

「很抱歉前幾天沒來跟妳打招呼。」

父親提醒我和保羅哥哥，回家後都還沒去見過母親。

與其說這個國家男尊女卑，不如說保羅哥哥原本就有地方巡檢官的公務在身，必須以工作為優先。

而且我們和父親他們明明是在講工作的事情，要是勉強讓母親出席會變成什麼樣子？因為那是個完全不顧骨肉之情，單純互相斥責的場面，所以她應該會一直保持安靜吧。

更糟糕的是，在淨化魔之森的前一天，我也沒和母親見面。

雖然都是科特害我沒那個餘裕。

「不，我知道威德林現在的立場很辛苦。」

和科特的太太亞美莉大嫂一樣，母親也是從外地嫁來這裡的人，所以她很清楚這個領地有多封閉。

因為我的存在，這裡未來或許能輕易和其他領地進行交易。

有半數以上的領民對這項事實抱持期待，但相對地，也有人認為不需要那麼方便，只要維持現在的生活就足夠了。

主村那些支持科特的老人，就是這種類型。

考慮到他們以前的祖先是貧民窟的居民，現在的生活確實已經足夠了。

不如說像我這種會擾亂領地內秩序的存在，對他們來說只是個礙事者。

因為他們希望藉由支持父親與他的繼承者科特，來換取和其他村落的居民相比相對優渥的待遇。

「話說回來，你們兩個都長大了呢。」

明明是自己辛苦生下的孩子，但因為立場變化得太快，我們幾乎沒什麼機會見面。

即使只是第二次人生的母親，還是令人覺得有點難受。

「媽，我只是威德林的附屬品。」

考慮到只有我和保羅哥哥能和母親進行普通的親子對話，所以只有我們兩人進來母親的私人房間。

因此保羅哥哥半諷刺地反駁母親的話。

「如果是像埃里希那樣靠自己的力量成為布朗特家的女婿也就算了，但我和赫爾穆特都覺得我們身為哥哥，實在是太不中用了。只是就算像科特哥哥那樣任性也沒什麼意義。我們都覺得自己算很幸運。」

託弟弟的福，成為有機會繼承爵位的貴族。

雖然能理解這點，但作為哥哥還是會覺得自己太不中用。

我也非常能夠理解保羅哥哥的這種心情。

「我也覺得科特很奇怪。但我在這個領地沒有發言權。」

在這種鄉下地方，母親光是警告科特，就可能在保守勢力之間掀起騷動。

儘管遺憾，但這裡就是這種土地。

雖然父親和科特都將計算的工作交給克勞斯處理，但其實就算不這麼做，母親和亞美莉大嫂也有一定程度的計算能力。

不過要是女性插手這方面的工作，就會被認為太狂妄。

拜此之賜，克勞斯和父親一直維持互相猜疑的關係，這實在是令人笑不出來的現實。

「現在只能走一步算一步了。別再談這個了。聽說赫爾穆特和保羅都已經結婚，威德林也有未婚妻了。」

「是的。」

像這種時候，如果是前世我就能拿照片給她看了。

其實這個世界也有相機，不過因為是魔法道具，所以價格非常昂貴，一般下級貴族根本買不起。

話雖如此，這是指保羅哥哥的狀況，我並不至於買不起相機。

只是我對相機沒什麼興趣，所以沒買而已。

「艾莉絲也說她想和母親打招呼。」

「我知道了。你還有其他側室候補吧？把她們一起帶來吧。」

我向原本在外面等的艾莉絲她們介紹母親。

艾莉絲遵照貴族的禮儀維持嚴肅的態度，有點緊張的伊娜則是採用普通的方式。

就連露易絲都緊張到安靜地自我介紹。

「我和蕾拉的感情稱不上好，但至少在公開場合不會表現出來。這麼說來，我的母親和妾室的交情也很差呢。」

母親和蕾拉小姐的關係，似乎還不至於到非常討厭對方或感到厭惡的程度。

不過因為在一起時還是會不愉快，所以都互相保持距離。

大概就是這樣的狀況。

「放心吧，婆婆。我們都是同一個隊伍的成員。」

「是的，必須三人同心協力才行。」

「因為周圍的人都拚命想替威爾……不對，替威德林大人介紹側室。」

「好像是這樣呢。」

母親在進房間前，有看見待在我身邊的薇爾瑪。

只要看見我目前的狀況，應該就能猜出那是別人硬派來我這裡的。

「在威德林回鄉後，這塊領地內可能會發生許多事情。你們要好好支持他。身為一個母親，我能說的就只有這些了。」

母親大概也想拜託我們保護科特的安全吧。

不過要是因為太在意這件事情，而害我和保羅哥哥出了什麼事，那結果還是沒意義。

總而言之，她希望我們都能以自己的安全為優先。

母親似乎是這麼想的。

「那個……母親妳……」

「畢竟是這種位於偏遠地區，男尊女卑的鄉下領地。大家應該都會無視我這個老人。」

無論後來狀況變得如何，確實都不太可能危害到沒有任何政治權力的母親。

就算父親或科特出了什麼事，大家也都知道後續要收拾殘局時，一定會需要母親的力量。

所以母親也知道自己是安全的。
「不過坦白講，我還是希望什麼事都別發生。」
「不，那個……」
「我知道。這只是我個人的願望。」
即使現在沒發生什麼事，要是領地後來很快又再次陷入混亂，那結果也是一樣。
就算會造成殘酷的結果，還是必須等待事情發生並加以處理。
「威德林，保羅。我只希望犧牲者能少一點。」
「是的。」
我和保羅哥哥只能靜靜低下頭。

「話說現在基本上是要待命吧？」
「也可以說是休假吧。」
結束與母親的面談後，我們立刻飛回布雷希柏格。
然後將這次淨化獲得的大部分物品，都交給布雷希洛德藩侯。
只留下可能是鮑麥斯特家諸侯軍遺物的東西。
幸好因為這兩支軍隊分開行動，所以弄錯的可能性不高。
而且原本兩邊的裝備就不同，所以分辨起來很容易。

除了將遺物還給布雷希洛德家諸侯軍戰死者的遺族外，還得將另外獲得的龍骨和魔石送去鑑定。

因為布雷希洛德藩侯說全部大概要花一個星期的時間，所以在那之前，我們都留在鮑麥斯特領地待命。

畢竟我們還得將遺物還給鮑麥斯特家諸侯軍戰死者的遺族，以及將所得利益的三成當成稅金繳納。

於是我們現在正在本家宅第後面的森林進行狩獵與採集。

由於克勞斯認為這次再住分家不太妥當，因此我們跟父親借了一棟靠近本家宅第的空民房。

其實那間空民房，好像是克勞斯的父親還在當名主時住的家。

「直到幾年前，那裡都被用來放置備用的農具和小麥。現在只是個空房，而且我們已經先打掃過了。」

「那麼，我們就不客氣地借用了。」

雖然不能住分家，但如果借住本家，那每次一看見科特就會讓人覺得不舒服。

而且那畢竟是他住的家，誰知道他會不會打什麼壞主意。

「讓保羅大人他們也一起住在那裡如何。」

「說得也是。」

在克勞斯完美的安排下，我們決定了住的地方。

儘管在意他的意圖，但十二名外來者都住在一起，吃的東西也都是自己準備。

雖然應該不會發生這種事，但被人下毒的危險也低了不少。

再不然也有「解毒」的魔法，所以應該是不用太擔心。

「保羅先生他們應該很辛苦吧？」

「某種程度上的確如此。」

除了薇爾瑪以外，形式上是地方巡檢官與隨從的保羅哥哥他們，現在正在父親的帶領下視察領地。

話雖如此，這個領地內平常根本沒人犯罪。

頂多只有交情不好的領民們會吵架。

儘管父親和保羅哥哥都姑且遵照形式進行視察，但兩人應該都覺得這只是一場鬧劇。

「唉，畢竟我們也不能主動製造事端。」

「就是這樣。」

因為領地內發生問題，所以我們才幫忙收拾。

然後逼身為最高掌權者的父親退休，順便讓科特負起責任被廢嫡。

雖然這是最有可能發生的未來，但因為我們不能主動採取什麼行動，所以只能像這樣維持休假兼待命的狀態。

只是就算我們什麼也沒做，光是待在這裡就能算是挑釁。

「威爾大人，這裡有好多野莓。」

「努力多採一點吧。」

「野莓果汁。」

進入森林的，是跟平常一樣的成員，及保羅哥哥他們以個人護衛的名義硬塞給我的薇爾瑪。

她之所以叫我「威爾大人」，是因為我拜託她別再叫我「鮑麥斯特男爵大人」。

「那女孩好像還滿熟練的？」

薇爾瑪也和其他女性成員一起採集野莓和山芋，而且她的動作非常熟練。

「實際上好像真的是很熟練。」

即使有接受艾德格軍務卿的援助，她畢竟還是得吃很多東西才能維生。

所以只要有空，她好像就會去王都郊外的森林進行狩獵與採集。

「看來是老手呢。」

「嗯——」

在那之後又過了一個小時，採集了足夠的山菜、野莓、山芋和水果後，我們換移動到未開發地進行狩獵。

雖然在森林裡也能捕到獵物，但未開發地的獵物比較大也比較多。

相對地，那裡的野生動物非常凶暴，這也是鮑麥斯特家沒對那裡進行調查的原因之一。

「狼、熊、豬、鹿和草原兔。主要大概就是這些吧？」

我久違地和艾爾一起用弓箭狩獵草原兔。

看來技術退步得比想像中少，我們兩人獵了約十隻。

我立刻用魔法放血，收進魔法袋裡。

「威爾，這裡獵物很多呢。」

「因為是未開發地啊。」

用投擲用的長槍獵到幾隻鹿的伊娜開心地說道。

「話說露易絲呢？」

「她發現野豬了。」

在離這裡有點距離的草原，露易絲挑釁發現的野豬，並在對方衝過來的同時跳到上空閃避。她在野豬完全通過之前迅速賞了對方頭頂一擊，那隻巨大的野豬就這樣輕易被收拾掉了。

「威爾，幫我放血。」

「我知道了。咦？艾莉絲和薇爾瑪呢？」

我用魔法將露易絲背過來的豬放血，再收進袋子裡，然後發現不見艾莉絲和薇爾瑪的身影。

「我在這裡。」

仔細想想，艾莉絲原本就不會打獵。

因此她似乎在附近採集能吃的植物。

「薇爾瑪小姐應該在那個方向。」

我看向艾莉絲指示的方向，發現薇爾瑪正在和不得了的東西戰鬥。

她正在和連在這個草原都很難見到，全長將近四公尺的巨熊對峙。

「那是……」

如果是我，在沒使用魔法的情況下立刻就會被殺掉。

就算是薇爾瑪，面對那種巨熊可能還是會有點吃力，所以我急忙趕過去幫忙。

然而薇爾瑪的行動遠遠超乎我們的想像。

「好久沒能暢快吃肉了。」

薇爾瑪跳了起來，迅速揮動巨大的戰斧將熊的頭砍飛。

站在薇爾瑪面前的熊失去頭部，鮮血從傷口泉湧而出。

「那個……薇爾瑪？」

「今天有好多肉可以吃。」

「嗯，多吃點啊。」

我勉強說服自己有個這麼能幹的護衛是件好事。

「咦！一擊就砍掉了這隻巨熊的頭？」

「嗯。」

「我以後是不是該改叫她薇爾瑪小姐啊？」

當天晚上，保羅哥哥他們在我們料理大量獵物時回來。

他們今天似乎在父親和科特的帶領下，持續在領地內巡邏到晚上，所以每個人的精神看起來都很疲憊。

「這種視察根本就沒必要吧？」

「話雖如此，形式還是很重要。畢竟我們是地方巡檢團的成員。」

或許是對沒必要的視察感到疲憊，席格哈特先生露出不滿的表情。然後被較為年長的奧特瑪先生責備。

「比起這個，該吃飯了。」

反正視察已經結束，所以都不重要了。

在高特哈爾先生說完這句話後，艾莉絲他們將準備好的晚餐端到桌上。

「比想像中還要豐盛呢。」

看來保羅哥哥原本也和我一樣，以為晚餐會是沒味道的蔬菜湯和乾巴巴的黑麵包。

不過為了避免那種情形，我們事先向父親取得了狩獵的許可。

「雖然在王都的警備隊也不怎麼有錢，但吃的還是比我們老家好。」

保羅哥哥在說話的同時，也津津有味地吃著味噌燉熊肉。

順帶一提，今天的菜單是加了豬肉與山菜的火鍋（醬油口味）、味噌燉熊肉、烤山芋夾珠雞肉、烤珠雞，以及紅酒燉草原兔。

至於甜點，則是野莓汁與野莓果醬。

因為烤麵包很麻煩，所以我事先在王都的麵包店買了一大堆放在魔法袋裡。

這樣隨時都能吃到剛烤好的麵包。

再來就是基於我個人的希望，我們另外也煮了飯，兩種都能自由取用。

「料理這些應該很辛苦吧？」

「我們隊伍的女性成員很多。」

艾莉絲很會做菜，伊娜和露易絲也很熟練。

薇爾瑪則是在解體獵物和備料方面發揮實力。

她似乎從以前開始，就會自己解體和料理在森林獵到的獵物來吃。

料理器具也不是使用這棟房子原本就有的爐灶，而是師傅的遺產，能夠在野營或開野外派對時使用的小型魔導爐。

「不過，艾莉絲大人的料理比較好吃。」

「薇爾瑪，多吃點喔。」

「嗯，我會吃很多。」

「這分量，我們的確是吃不完。」

雖然是保羅哥哥的勤務兵，但因為沒什麼工作而和我們一起吃飯的魯迪先生，在看見餐桌上的大量料理後嚇了一跳。

「我回來了。」

此時，從抵達這裡後就一直不見蹤影的布蘭塔克先生回來了。

他手上握著之前的蜂蜜酒瓶。

「布蘭塔克先生，現在禁止喝酒喔。」

「我知道。這是蜂蜜水，不是酒。」

因為待在這裡的這段期間不曉得會發生什麼事，所以我有交代大家不能喝酒。

至少我可不想在喝得爛醉時，被人從背後殺掉。

「哎呀，居然喝那種小孩子的飲料。」

「這也是那個分家的名產。對吧，赫爾曼大人。」

「嗨，地方巡檢官。」

看來布蘭塔克先生還帶了赫爾曼哥哥這位客人過來。

「赫爾曼哥哥啊。你變胖了呢。聽說你被老婆吃得死死的。」

「保羅，這你就不懂了。所謂的男人，就是要平常對女人讓步，等到關鍵時刻再硬起來！」

「讓什麼硬起來？」

「不，當我沒說。」

「讓哪裡硬起來啊？」

「吵死人了！」

赫爾曼哥哥的妻子瑪琳二嫂，以及主要的侍從們和他們的妻子也都來了。

「看這個人數，飯可能會不夠。」

「我去做追加的份。」

「薇爾瑪，幫我拿一下剛才收起來的食材。」

「我也來幫忙。」

瑪琳二嫂也開始幫忙艾莉絲她們做追加的料理。

拜此之賜，今天的獵物全都被做成了料理，我也被迫從魔法袋裡拿出追加的食材。

「沒想到能吃到這麼多肉。」

「好豐盛啊。」

因為人口稀少，所以不論是在領地內的森林還是未開發地，平常獵捕的動物數量都不多，只要有心就能獲得大量獵物。目前也不太需要擔心濫捕可能造成數量減少。

「這表示鮑麥斯特男爵大人你們就是如此優秀的冒險者。」

未開發地有許多危險的動物。

今天也遇到了熊，此外還有像巨大野豬那樣危險的猛獸。

如果是獨自行動，就算是職業獵人也很危險。

「要是開發有所進展，或許就能更輕鬆地外出狩獵了。」

我們邊吃追加的料理，邊聊這方面的話題。

客觀上來看，這只是這塊領地的侍從長帶著家人，去找在領地內逗留的地方巡檢團和冒險者隊伍一起吃晚餐而已。

不過那位地方巡檢官、冒險者隊伍的隊長，與侍從長都是兄弟。

這項事實，確實會讓某些人過度反應，造成的影響也會逐漸在領地內擴散。

「這對科特大人來說有什麼不妥嗎？」

「哼！你們這幾個兄弟感情還真好！」

隔天早上，我們再次前往本家拜訪父親，但像個贈品一樣跟在旁邊的科特，似乎對我們昨天和赫爾曼哥哥一起吃飯的事情感到不滿。

雖然他一見到我們就開始抱怨，但我刻意裝傻回答。

無論如何，我們都得為這次的停留做個了結。

我們就是為了這個目的，才會刻意找赫爾曼哥哥他們來開餐會，藉此挑釁科特。

「你們打算在這裡待到什麼時候？」

「至少要等到之前的成果變現。」

昨天傍晚，在克勞斯的通知下聚集起來的遠征戰死者遺族，將我們收集回來的生鏽武器與防具，和戰死者的持有物和錢包都領了回去。

幸好鮑麥斯特家諸侯軍和布雷希洛德家諸侯軍不同，沒有採用統一的軍裝，所以辨別所有者的程序沒發生什麼混亂就結束了。

不如說裝備統一的布雷希洛德家諸侯軍，辨識起來應該會很困難。

「威德林大人，謝謝您。」

「這樣父親總算能夠回家了。」

遺族們都很感謝我們這些將遺物帶回來的人。

不過這時候那個笨蛋又做了多餘的事情。

科特帶著一個年齡和他相近的領民現身。

「果然沒辦法直接重新利用嗎？」

「是的。不過只要熔鑄後就能重新利用。」

那位領民回答科特的問題。

看來那個人似乎是主村的鐵匠。

「那就這麼辦吧。把那些生鏽的鎧甲和斷劍都交給鐵匠艾克哈特。另外值錢的遺物，全都要課一半的稅金。大家要誠實申報，在下週前繳納完畢。」

科特冷血的宣言，讓所有遺族的表情都變了。

其中一位老人代表大家，開始說服科特撤回發言。

「科特大人，姑且不論稅金，請讓大家保留遺物中的軍備品。」

「為什麼？」

「所有戰死者都沒留下遺骸。所以至少讓大家把那些東西埋到墳墓裡……」
因為變成不死族的人在被聖魔法淨化後，身體就會崩解，所以我們沒帶任何遺骸回來。
只能請遺族們用遺物代替遺骸，埋進墳墓裡。
「你在說什麼蠢話。」
「科特大人，這有什麼好愚蠢的？」
「只要將那些軍備品熔鑄成農具，就能有助於領地的發展。像尤爾根你這樣了不起的人，怎麼會拘泥於死者的物品呢？」
看來那位叫尤爾根的老人，似乎是其他村落的名主。
他好像也因為那場遠征失去了孩子。
「不過那些軍備品是我們自己準備的，就算我們想埋到墳墓裡，應該也沒問題吧。」
我就在想為什麼裝備會這麼不統一，原來鮑麥斯特家諸侯軍連裝備都是自己準備的。
他們似乎不像布雷希洛德家諸侯軍那樣，能先借到統一的裝備。
「當然有問題。我們領地的鐵不夠用了。快點把那副鎧甲交給艾克哈特。」
「這樣實在太不講理了。」
雖然是我的哥哥，但他在乾脆地展現自己狹小的器量後，居然又做出這種小家子氣的發言。
只要將遺物的鐵熔鑄重新利用，確實就能稍微緩和領地內只能採到少量紅石的鮑麥斯特領地缺鐵的問題。

話雖如此，從遺族那裡搶走遺物的行為實在令人不敢恭維。
地方領主裡有很多這種人，徵收稅金這點本身也沒什麼好奇怪的。
畢竟在鮑麥斯特領地，父親和科特的想法就是法律。
不過真的笨到從遺族那裡搶走遺物的人並不多。
因為要是做到這種程度，就等於是在踐踏領民們的內心。
「我說科特大人。」
「什麼事？威德林？」
現在父親不在，而且又是在領民的面前，所以科特認為還是表現得強硬一點比較好。
他像以前那樣直接叫我威德林。
「我能理解這種將有用的資源重新利用的想法。」
「那就別插嘴。」
「那麼，請問後面那位鐵匠，會花多少錢買下這些鐵呢？」
「當然是適當的價格！」
恐怕一定是以接近免費的價格賤價收購吧。
這個叫艾克哈特的鐵匠，看起來和科特差不多同年。
兩人大概從小交情就不錯吧。
所以他才利用這個關係，打算從遺族那裡賤價收購遺物中的軍備品。

在前陣子舉辦市集時，布蘭塔克先生有看見一群人急忙去向科特報告，艾克哈特應該就是其中一人。而且身為主村居民的他，好像是這塊領地內唯一的鐵匠。

他在這個封閉的領地內，獨占鐵匠這個職業賺錢。

我之前曾經看過他的作品，坦白講他的技術實在是二流以下。

如果他的店是開在布雷希柏格或王都，應該馬上就關門大吉了。

在那之前，連實習的地方都不會認同他獨立吧。

他的店之所以經營得下去，只是因為他家從移民時期開始，就一直對鮑麥斯特一族效忠。

再來就是他僱用了幾名鐵匠來經營店鋪，並且不讓其他村落開打鐵鋪。

打鐵鋪也能製作鐵製的武器。

所以在這種窮鄉僻壤，比起技術，更重視忠誠心。

要是讓其他村落出身的鐵匠偷偷製造武器，進行叛亂就麻煩了。

所以站在他的立場，只能選擇支持長子繼承的體制，繼續獨占鐵匠的工作。

畢竟要是讓其他兄弟繼承，增加與外部的交流，他的店就會面臨關門的危機。

「也就是說，只要有鐵就行了吧？」

「前提是要有。」

這個叫艾克哈特的鐵匠仗著有科特替他撐腰，將品質低劣的農具高價賣出，所以領民們都討厭他。

再加上他那明顯是在倚靠身為下任當家的科特威勢的態度，也給人非常差的印象。

「有喔。」

我從魔法袋裡拿出孩提時期自己精製的鐵塊，用「念力」魔法扔到艾克哈特面前。

邊長約一公尺的正方形鐵塊重重落在艾克哈特面前，讓後者當場嚇得軟腳。

「這些就夠了吧？」

「這樣很危險耶！」

「既然是鐵匠，那應該擅長用鐵吧？」

這傢伙不僅連戰死者的遺物都想搶，還打算借用科特的威勢壓低收購價。

就算跟他正常對話，也只是在浪費時間。

姑且不論劍等武器，眼前的鎧甲幾乎都是皮革製，很少用到金屬。

只是因為數量大，全部收集起來後或許還能湊出一點分量。

就連少數回收的盾牌，都只有部分用到金屬，幾乎只剩下腐爛的木頭。

既然如此，就算埋到墳墓裡也沒什麼問題。

「請你努力做出好產品。就你目前的成品來看，我只能認為你還沒開始認真。如果是在王都，那些東西連擺在店面都讓人覺得丟臉。」

「你有什麼根據！」

「只要看過之前市集賣的那些東西就知道了吧？」

那些商品並不是什麼高級品。
全都是能在布雷希柏格或王都以普通價格買到的東西。
然而領民們卻因為擔心以後再也沒機會買到而大量購買。
其他的生活雜貨也是如此。
那些出身主村、代代擔任工匠或鐵匠的世家，獨占了領地內的市場，他們都是科特的有力支持者。
從他們的角度來看，我應該是不共戴天的敵人。
「在鮑麥斯特卿與主村名主克勞斯大人的委託下，未來領地內應該會定期舉辦市集，如果你再不磨練自己的技術，將面臨倒店的危機。」
面對我的挑釁，別說是艾克哈特了，就連後面的科特都面紅耳赤地怒罵道：
「艾克哈特！給我用那塊鐵做出優秀的農具！關於其他返還的現金收入，其他人別忘了要繳五成的稅金！」
單方面丟下這些話後，科特和艾克哈特馬上轉身離開，遺族們眼帶輕蔑地望向他們的背影。
不過不曉得科特他們有沒有發現？
這件事讓百名以上的領民對他們產生了敵意。
要不是有我在，遺族們或許會勉強接受科特他們荒謬的命令，但幸好我人在這裡。
雖然或許科特他們也有發現，但在領民們面前，他也不能對我亂來。

「快點把東西變現，拿稅金過來！」

「這些話請你去跟布雷希洛德藩侯大人說。我只不過是一介冒險者。」

「哼！希望你們別趁機竄改金額！」

「科特！」

大概是認為公開批評宗主太過分了。

父親怒斥科特。

「我會當作沒聽見。那麼，關於今天的預定……」

由於昨天領回遺物的領民們打算將那些東西埋進墳墓裡，因此我請求父親允許我參加那場比較偏向埋葬儀式的葬禮。

雖然負責管理領地內教會的神父也會出席這場儀式，但他畢竟是年紀超過八十歲的老人。

如果只有他一個人負擔會太大，因此艾莉絲也會過去幫忙。

「我也會參加那場儀式。至於科特，我會派他去監督之前的水道工程。」

「我知道了。」

對科特來說，他應該也不想再和我見面吧。

我坦率地接受父親的意見。

「再來是……」

因為父親也允許了克勞斯的委託，所以我們開始針對未來將定期舉辦市集，以及停留期間前往魔之森與未開發地狩獵和採集的權利進行確認。
表面上，這只是冒險者在請求能於領地內自由活動。
但在背地裡，這同時也是個為了剷除將來的禍根，讓我們製造挑釁科特契機的壞心提議。
父親究竟有沒有發現？
有沒有打算容許？
這讓我感到非常在意。
「關於在未開發地與魔之森取得的成果，僅限於鮑麥斯特男爵們與領民們食用的部分，不需要支付代價。至於其他能夠在外地變現的物品要課多少稅，我們之後再另外交涉。畢竟還要考慮到冒險者公會布雷希柏格分部與布雷希洛德藩侯大人之間的相互關係。」
「父親！」
「喔，這表示你也要去魔之森狩獵賺錢嗎？」
「這個……」
「目前會想去魔之森狩獵的冒險者，就只有鮑麥斯特男爵他們。所以必須多少給他們一些優待。還是說，你能幫忙勸誘冒險者來嗎？」
「這個……」
父親難得強硬地反駁，讓科特閉上了嘴。

過了一會兒，克勞斯拿了正式契約書過來，剛才的條件也順利獲得承認。

「那麼，去參加葬禮吧。」

在與父親的會面後，預定將舉行埋葬遺物的儀式。

父親和名主克勞斯也會出席，艾莉絲扶著領地內那位如果沒有人幫忙就走不動的神父，詠唱「將戰死者們引導至天國」的祝詞。

「神之子們啊。汝等跨越死前那段痛苦的時光，前往神與弟子們居住的約束之地。在汝等的引導下，汝等的父母、兄弟與孩子們，也將被引導至彼方。」

在艾莉絲以獨特的節奏詠唱祝詞的期間，遺族們將遺物放進事先挖好的洞裡，鋪上土加以埋葬。

「艾莉絲連這個都會啊。」

「你不知道嗎？艾莉絲也有助祭司的資格喔。」

「我都不知道呢。」

伊娜露出像在說「為什麼你不知道？」的表情，但是艾莉絲平常很少和我聊到教會或宗教的話題。

她知道我對這方面的事情沒興趣，所以才刻意不提。

「因為威爾真的對教會一點興趣也沒有。」

「露易絲有興趣嗎？」

「其實我也沒什麼興趣。」

雖然連露易絲也這麼說我，但我可是有確實捐獻，而且也沒迴避教會和宗教到那種程度。
只是也不覺得自己熱中信仰。
儘管因為是國教而成為信徒，但其實我對這些事沒什麼興趣。
而且想法和我一樣的人意外地多。
「威爾大人，那些供品看起來很好吃。」
「不准吃，那樣太輕率了。」
「這我知道啦。」
埋完遺物後，遺族們各自準備食物供奉，薇爾瑪看見後，露出想吃的表情。
「要等到今天晚上。」
我剛才為什麼要請父親允許我們去未開發地狩獵？
答案是因為今天晚上也預定要開宴會。
這是為了慰勞戰死者的遺族們今天的辛苦，所以大家都各自帶食物過來舉辦宴會。
因為我們和赫爾曼哥哥他們也會以遺族的身分參加，所以看在科特眼裡，就成了一場非常可疑的宴會。
「（不過我們做的事情還真是拐彎抹角呢。）」
同樣也來參加儀式的布蘭塔克先生，站在我的旁邊小聲向我搭話。
「（讓科特先出手。是必要的大義名分吧？）」

反正對方只是小領地的下任當家，就算直接用國王命令強制廢嫡也行。

不過這麼做會對其他貴族造成太大的影響，所以才有必要讓我們在領地內做些醒目的行動，讓科特他們爆發。

「（他真的會爆發嗎？）」

「（雖然要花點時間，但一定會。）」

如果只有科特本人，那或許不會爆發。

畢竟就像剛才那樣，他是個只要一被父親斥責就會一蹶不振的男人。

不過他的周圍有一群支持者。

「（只要我們持續開放這塊領地，周圍的人就會自己幫我們加熱。）」

例如昨天的鐵匠艾克哈特，以及其他工匠的家人。

主村出身的他們並非靠技術，而是靠代代相傳的忠誠心獨占市場。

而那樣的狀況，也因為我們的介入逐漸崩潰。

此外還有些想法保守、不希望領地內產生變化的人，我們這些已經是外人的傢伙採取的行動，應該會讓他們產生不滿。

「（只要支持者們一施壓，科特就不得不行動。）」

「（隨便做什麼都好，只要科特他們有所行動。）」

只要有行動，就能當成介入的藉口。

從王國政府的角度來看，無論是再怎麼瑣碎的小事都好，只要有一絲打算加害我們的氣息就夠了。

「（所以才要舉辦這場宴會？）」

「（這不是宴會。應該是為好不容易回到故鄉的英靈們和遺族舉辦的慰勞會吧？只是有附餐點。）」

在那之後，埋葬儀式順利結束。

出席的父親和克勞斯，都沒特別說什麼。

雖然遺族們對科特和那個二流鐵匠應該有些意見，但父親對那件事並沒有什麼特別的想法。

狀況大致就是如此。

「今晚赫爾曼大人和威德林大人似乎要舉辦一場慰靈的餐會。」

「而且好像每位遺族都能參加。」

「那得派人過去幫忙布置會場和準備料理才行。」

「我們也帶些食材過去吧。」

因為這塊領地缺乏娛樂，所以大家都很期待。

大家各自討論完後，就先回家了。

最後他們決定白天先處理農事，等傍晚以後再到會場——也就是我們借住的地方幫忙準備。

「參加人數很多呢。」

「畢竟是七十七名戰死者的遺族。」

布蘭塔克先生說得沒錯，因為沒規定要親到什麼程度才算遺族，所以只要有心，近半數的領民都能參加。

「那我也去幫忙準備好了。」

「你就去和艾爾他們進行永無止境的狩獵吧。」

雖然名義上是慰靈會，但這個世界並沒有素食的概念。

所以在舉辦這種聚會時，大家通常都會趁這個機會準備豐盛的餐點。

「艾莉絲姑娘，要和那個神父一起做祭壇啊。」

因為姑且是埋葬死者的慰靈會，就算規模不大也要做個祭壇，這似乎是每個教派的通例。

那位神父當然有這方面的知識，不過畢竟年紀大了，身體不太方便。

因此就讓艾莉絲幫忙。

等那邊忙完後，她預定會去幫忙瑪琳二嫂和遺族的女性家屬，和她們一起布置會場和準備料理。

「伊娜姑娘和露易絲姑娘，要去幫艾爾他們狩獵啊。」

她們要和保羅哥哥與赫爾曼哥哥他們，一起去獵宴會需要的肉。

為了取得能滿足大量人數的肉，真希望他們能好好使喚布蘭塔克先生，讓他努力一點。

「那小子你呢？」

「我要去一下海邊。」

「啊？」

約一個小時後，大家都各自前往準備宴會，我和薇爾瑪則是站在魔之森南方的海岸。

雖然如果不穿過魔之森就無法抵達南方海岸，但我小時候就曾經用「飛翔」突破森林的上空記住地點，所以能靠「瞬間移動」過來。

我想起以前曾經用魔法製造大量的鹽，或是抓海鮮烤來吃。

「是海耶。」

「說到海就會想到？」

「海鮮。」

「正確答案。」

將準備肉的工作交給其他人後，我打算利用薇爾瑪取得海鮮。

難得舉辦宴會，還是有點稀奇的食材會比較好，另外單純是我也想吃。

「我想吃魚。」

「你有吃過嗎？」

「我有吃過柯爾尼和納馬薩。」

柯爾尼和納馬薩，外表就和地球的鯉魚和鯰魚一樣。

因為在河裡就能捕到很多，所以在王都的價格也相對便宜。

通常會先放在清水裡養幾天，再加入鹽與辛香料燉煮，或是像炸蝦那樣炸來吃。

坦白講我不太喜歡那個味道，就算價格較貴，也通常是購買海產。

此外還有一種叫烏托庫，類似鯪魚的魚。

至於叫做伏哈，和鮒魚類似的魚，據說是平民的美食。

雖然兩種我都一樣不太喜歡。

「今天要大吃海裡的魚貝類。」

「喔——」

薇爾瑪的回答稍微有點沒力，但她的眼睛已經和平常一樣露出渴求食物的眼神。

「那麼，要潛入海裡抓嗎？」

「怎麼可能。」

大部分的人都被調去準備肉，所以這裡只有我們兩個人，不過我會使用魔法，薇爾瑪擁有超越常人的力氣。

既然如此，就只能用那招了。

「只有兩人的拖曳網作戰。」

「要用網子抓嗎？」

因為覺得或許用得到，所以我事先就買了拖曳網放在魔法袋裡，首先用「飛翔」將網子扔進海裡。

接著立刻讓薇爾瑪和用魔法強化身體機能的我一起拉網，就是這樣的作戰。

雖然身為生手的我不曉得該將網子丟進哪裡，但就算收穫不多，也只要多試幾次就行了。

「薇爾瑪，請妳抓住這個拖曳網其中一邊的繩子。」
「我知道了。」
然後我拿著另一邊的繩子和網子，用「飛翔」飛到海上。
我在遠方的海面以弧狀的方式慢慢撒網後，回到薇爾瑪等待的沙灘。
雖然嚴格來講應該要用圍網船，但這部分就靠我用「飛翔」撒網來解決。
「如果不行就多試幾次。」
原本力氣就很大的薇爾瑪，和用魔法強化身體機能的我一起將海裡的網往回拉。
「是魚。」
「配合我的節奏慢慢拉。」
我原本還擔心會不會抓不到，但該說幸好這裡至今都沒人撒過網嗎？
被拉到沙灘上的網裡，裝滿了幾百隻大大小小的魚。
有類似鯖魚的魚、類似竹筴魚的魚，以及類似比目魚的魚。
雖然其他還有很多，但我全都收進了事先準備的魔法袋。
我用「毒探測」的魔法把可疑的魚挑掉，不過裡面也有奇特的獵物。
「是烏龜。」
「那也可以吃。」
「好吃嗎？」

「聽說很好吃。」

薇爾瑪發現網子裡有一隻全長約兩公尺的海龜。

海龜的肉能食用，甲殼也能當成玳瑁工藝的材料，在王都賣得高價。

「我知道了。」

薇爾瑪毫不猶豫地殺死海龜，放進魔法袋裡。

不愧是自己的餐費自己賺的女人。

其實她是個性格堅強的人。

「我還想抓更多魚。」

「說得也是。」

儘管收穫比想像中好，但或許再多一點魚會比較好。

抱持著這樣的想法，我們又在其他地點撒了三次網。

結果捕了非常多的魚。

此外，我們還在附近的岩場捕到蝦子、螃蟹和貝類。

「下次也準備抓螃蟹用的網吧。」

「今天由我來抓。」

說完後，薇爾瑪立刻脫掉衣服，從岩場跳進海裡。

我本來以為會看見薇爾瑪的裸體，但她底下似乎有穿內衣。

「因為我平常也會去河川、湖泊或沼澤找獵物。」

為了能夠多吃一點，薇爾瑪似乎也很擅長游泳。

她潛入海裡幾秒後，很快就抓著一隻魚從海面上探出頭。

「底下有很多。」

「抓大的就好。」

「我知道了。」

都交給薇爾瑪也不太好意思，我立刻詠唱「水中呼吸」，跟著潛入海裡。我並不是不會游泳，只是要像薇爾瑪那樣在海中邊游邊抓還是有點困難。

在這方面，只要使用「水中呼吸」的魔法，就算在海中也能像在地上那樣行動。

畢竟這個魔法，是在自己周圍覆蓋一層空氣。

「真多呢。」

在我加入後，我們一起抓了全長將近一公尺的蝦子，以及同樣全長超過一公尺的螃蟹。此外還有蘋果那麼大的海螺，以及全長約三十公分的鮑魚。

感覺以前似乎曾經在圖鑑上看過牠們的正式名稱，但反正這次只是要吃，就不必太在意了。

「威爾大人，看起來很好吃呢。」

「要試吃看看嗎？」

「要。」

因為已經捕了不少，所以我們決定暫時休息。

我從魔法袋裡拿出烤肉用的網子，搭在排成爐灶型的岩石上，然後將點火的木炭排在底下。

等網子加熱到一定程度後，就將貝類、切過的蝦子和螃蟹放上去。

過了一會兒，因為已經烤得差不多，再加上一點醬油後就完成了。

「看起來好好吃。」

「小心燙喔。」

「我開動了。」

薇爾瑪津津有味地品嚐烤貝、烤蝦和烤螃蟹。

她果然很會吃，很快我就來不及烤給她吃了。

「謝謝招待。」

「好吃嗎？」

「我第一次吃到這麼好吃的東西。」

「是嗎，那太好了。」

「我還要多抓一點。抓一大堆給艾莉絲大人他們。」

「說得也是。」

薇爾瑪的食量和力氣都很大，但外表是個非常能激起別人保護慾望的女孩。

這應該也和我的內在已經將近四十歲有關。

「差不多該回去了。」

「抓了好多呢。」

「是啊。」

幾小時後，因為我們已經抓了暫時夠宴會人數吃的分量，所以決定今天就先回去。

「薇爾瑪，在妳穿衣服之前。」

我對回到地上的薇爾瑪施展能沖掉海水的「洗淨」魔法。

「不會黏黏的。」

這個魔法是為了在冒險中無法洗澡的冒險者，自然開發出來的魔法。

因為不需要消耗太多魔力，所以即使只有初級程度的魔力也能輕易使用，據說會用這個魔法的魔法師，非常受女性比例高的隊伍歡迎。

即使是在冒險中，女性們依然會在意儀容。

我也對自己的身體施展「洗淨」魔法，沖掉鹽分。

等薇爾瑪換好衣服，差不多要啟程的時候。

她突然拿起愛用的戰斧，以銳利的眼神瞪向海面。跟著看向海面後，我發現岸邊有隻全長約二十公尺、長得像龍的生物正朝我們逼近。

「是海龍（serpent）啊……」

海龍的外表雖然和龍很像，但其實並不是魔物。

在分類上是屬於大型海生肉食動物，是一種住在海裡的野生動物。

牠們平常主要是捕食大型魚類、鯨魚或海豚。

有些凶猛的個體，似乎偶爾還會獵捕在海上飛的海鳥。

不過海龍基本上都很膽小，所以不會襲擊大型船隻。牠們通常都會先主動逃跑。

而且在人類的活動領域，很少有機會能見到牠們。

根據我以前看過的圖鑑，牠們平常是生活在更遠洋的地方。

「好大喔。」

然而，二十公尺似乎只算是平均尺寸。

如果沒有這樣的大小，應該也無法狩獵鯨魚吧。

「不過，那隻海龍為什麼會朝我們的方向過來？」

「把我們當成食物。」

「我想也是。」

因為碰巧來到海邊時發現我們這些食物，所以就打算捕食我們。

不只海龍，這類大型肉食野獸只要發現毛很少的人類，就會想要捕食。因此要是在海上遇難，在搭乘小船或木筏時遇見牠們，通常都沒機會活命。

「威爾大人。」

「什麼事？」

「讓我來打倒牠。」

「咦！妳沒問題嗎？」

海龍是大型海生肉食動物，所以一般人或漁夫當然都拿牠沒辦法。

儘管因為棲息在遠洋所以很少被人類捕獲，但聽說牠們的肉非常美味。

骨頭、牙齒和鱗片也能當成武器或防具的材料賣得高價。

「就用我的必殺技。」

「那就交給妳了。如果不行，要馬上跟我說喔。」

「我知道了。」

點頭回應完後，薇爾瑪舉起戰斧，朝向這裡逼近的海龍擺出架勢，直接閉上眼睛集中精神。幾秒鐘後，我從薇爾瑪身上探測到的魔力量增加了。

原來如此，讓自己稀少的魔力瞬間爆發啊。

薇爾瑪頂多只擁有初級到中級之間的魔力。

會的魔法也只有讓魔力有效率地在肌肉中循環。

將平常節約使用的魔力在瞬間大量燃燒啊。

雖然能暫時讓身體能力獲得爆發性的提升，但因為魔力之後就會枯竭，所以是在沒有退路時使用的必殺技。

薇爾瑪閉著眼睛，持續集中精神。

這段期間，海龍已經逼近到極近距離。

就在牠打算從水邊直接伸長脖子捕食我們時，薇爾瑪像是在丟迴力鏢般，將戰斧扔向海龍。

「居然把那麼重的戰斧丟出去！」

原本以為快能吃到兩隻獵物的海龍，應該也嚇了一跳吧。

牠就這樣在不明所以的情況下，被薇爾瑪丟出去的戰斧斬首，失去頭部的脖子切口，開始噴出大量鮮血。

過了一段時間後，被丟出去的戰斧在上空劃出弧形的軌道飛了回來，薇爾瑪若無其事地抓住握柄回收戰斧。

這的確是可怕的動態視力，也可以稱為祕藏的必殺技。

「早一點放血，肉會比較好吃。」

「的確是這樣沒錯……」

明明平常就像小松鼠那樣可愛，一開始確保食材，馬上就變成「劊子手」。

昨天的熊也好，今天的海龍也好。

她的確是艾德格軍務卿的王牌。

而且擁有可怕的戰鬥能力。

「如果是威爾大人，會怎麼打倒牠？」

「這個嘛……」

因為鱗片很值錢，而且雖然是大型生物，但力氣又不像龍那麼大。

用「凍結」魔法封住身體部分的行動後，再用魔法製造岩槍給頭部致命一擊。

我告訴薇爾瑪如果她無法應付，就會使用這個作戰。

「威爾大人和我一樣，認為要是傷到海龍的身體，能吃的地方就會變少嗎？」

「（不，我只是不想傷到鱗片……）嗯，是啊。」

雖然最後多了個意外的獵物，但我們總算順利取得海產返回鮑麥斯特領地。

「為了替總算能回到神身邊的人們送行，以及賜予協助者們明日生存所需的糧食。感謝各位提供了微薄的餐點。」

「一點都不微薄吧？」

「威爾，噓！」

在快到傍晚時回到鮑麥斯特領地後，艾莉絲他們、來幫忙的瑪琳二嫂與遺族的女性們，正一起忙碌地準備餐會。

他們大量製作料理，在我們借來的房子外面的庭院，擺了好幾張桌子。

「我們也去幫忙吧。」

我和艾爾與薇爾瑪一起在庭院裡的幾個地方疊石頭，做成簡易的爐灶，開始生火加熱放在上面的網子。

「要烤肉嗎？」

「不是。」

「要烤今天的收穫。」

我們將今天捕到的蝦子、螃蟹、貝類和事先處理過的魚與烏賊對切，放到加熱過的網子上。

等烤到一定程度後，再塗上醬油與事先做好的味噌醬就完成了。

另外在拜託艾爾他們幫忙顧火的期間，我將一些魚切成生魚片。

因為我只是個外行人，所以技術比不上前陣子那位魔導公會的小姐，但即使稍微沒切好，味道應該也不會差太多。

切好的生魚片，加上紫蘇、白蘿蔔絲和芥末後就完成了。

在王都北邊，能夠普通地買到蘿蔔，被當成腸胃藥的紫蘇，也幾乎在所有大都市都買得到。

由於也有紅紫蘇，我委託某個商家幫我試做用那個染色的酸梅。

真希望能早點完成。

至於芥末，我用的也不是平常在王都流通的辣根，我聽說在某個山地能採到類似山葵的植物，所以在來這裡之前大量採購。

由於山葵長得很慢，所以在我說「我只高價購買根部大的山葵」後，業者們全都把商品帶了過來。

因為產地是在高地，儘管不是魔物的領域，但也不容易採集，所以我打算以後有機會再自己去。

「好了，生魚片拼盤完成了。」

「看起來好好吃。」

「再來是……」

我對盤子上一半的生魚片，施展我原創的「熟成」魔法。

其實這個魔法算是釀造醬油或味噌的魔法的親戚，被歸類為土系統的魔法。

關於生魚片，有些人喜歡新鮮時彈牙的口感，有些人喜歡等熟成二～三天後再進行調理。

因此我覺得讓大家兩種都吃得到比較好。

此外這個魔法，也能夠用來讓肉熟成，所以艾莉絲非常看重這個魔法。

幾小時後，餐會終於在傍晚過後完成所有準備，首先是讓神父向大家打招呼。

等他打完招呼後，我們將料理供奉在他和艾莉絲一起打造的祭壇上，在赫爾曼哥哥帶頭敬酒的同時，餐會正式開始。

桌上的大盤子裡，裝著以肉為主的料理，參加者們除了那些料理以外，也能分配到用網子烤過的海產。

領民們一面談論戰死家人的話題，一面開心地用餐。

「神父大人，味道如何？」

「自從來這裡赴任後，我第一次吃到海裡的魚，果然非常美味。」

已經超過八十歲的神父麥斯特，津津有味地吃著烤魚。

「來這裡赴任前，亞希姆樞機主教曾經在王都請我吃過一次魚。哎呀，人真的應該要多活久一點。」

除了少部分較古典的教派，聖職者的飲食基本上沒有什麼禁忌。

頂多只有盡量別在其他人面前喝酒吧？

因此神父果然並沒有喝酒。

順帶一提，我們也被禁止喝酒。

就連那個布蘭塔克先生，都只喝葡萄汁忍耐。

我們姑且還是要防備科特失控。

「不過虧你們獵得到海龍。因為那裡是無人的海邊嗎？」

布蘭塔克先生吃著烤海龍肉，佩服地觀察放在中央的頭部。

其實提議把海龍的頭拿來裝飾的人，就是布蘭塔克先生。

這正好能成為「小子果然和那個沒用長男不同」的證據。

比起打倒龍的傳聞，果然還是實際搬出海龍的頭比較有震撼力。

「那隻海龍應該是一時興起吧？不過結果就是害自己變成這個樣子。」

頭一瞬間就被薇爾瑪的戰斧砍斷，肉也被人大快朵頤。

當然，來參加餐會的領民們也有分到烤肉，大家都津津有味地吃著第一次吃到的海龍肉。

「那個叫薇爾瑪的姑娘，比想像中還要厲害呢。」

「是啊。」

「看來你得照顧她到最後了。」

「果然是這樣嗎？」

艾德格軍務卿是基於大貴族特有的「因為或許派得上用場，所以照顧一下好了」的性質，才會養育薇爾瑪。

儘管從實力來看，薇爾瑪確實稱得上是一張王牌，但她在女性幾乎無法加入的軍隊裡派不上用場，就算想利用她進行政治聯姻，一般的貴族家也會因為她的食慾而迴避她。

實際上，她也是因此才作為有用的新隊伍成員兼護衛兼側室候補，被送來從事冒險者活動的我這裡。

「如果你說不需要並把她送回去，她之後的人生會很辛苦吧。」

雖然只要當艾德格軍務卿的私人護衛就行了，但如果最後當不成，好一點的情況是在成人後以冒險者的身分獨立，運氣不好的話，可能會被人當成棄子，專門處理貴族特有的幕後工作。

「被你這麼一說……」

薇爾瑪的外表是個可愛的少女，今天和她一起捕過魚後，我也對她直率的性格產生了好感。

雖然很會吃算是一個缺點，但這點小事對我來說應該不是問題。

「姑且不論要不要娶她，我會把她當成私人護衛照顧。」

因為她還未成年，所以不能進入魔物的領域，但如果讓她擔任我這個貴族的護衛，就能特例獲准進入領域。

如果只看實力，應該多的是比薇爾瑪弱的冒險者。

所以她在這方面應該是沒什麼問題。

「不過你還真溫柔呢。」

「我對小孩子很溫柔。」

說到這個，我想起布蘭塔克先生之前曾經將在王都購買的點心，分發給小孩子們。

關於甜味只知道水果的孩子們，都對那股美味感到興高采烈。

只是布蘭塔克先生在被說「謝謝你，老爺爺」時，露出了微妙的表情。

「小子，你要不要發點什麼東西？」

「這個嘛……」

難得為了挑釁科特舉辦了一場餐會，就算表現露骨，也該討一下小孩子們的歡心。

此外，關鍵的這場餐會的參加者數量，已經超過六百人。

以限定遺族參加來說，這人數感覺有點多，但原本就沒規定必須在幾親等內才算親族。

實際上既不能否定他們是戰死者遺族的親戚，也沒有否定的理由，所以什麼都不能說。

不如說參加的人多一點，也比較能挑釁科特。所以這樣正好。

儘管料理果然馬上就沒了，但之後領民們都會自己調理我們事先準備好的材料，再分給大家吃。

此外，因為也有提供艾莉絲親手製作的點心和比平常喝的還要高級的瑪黛茶，所以遺族們看起來都對這場餐會很滿意。

「那麼，也來做麥芽糖吧。」

「喔，那個甜甜的東西啊。」

雖然將果汁、蜂蜜或穀物變成酒的魔法從很久以前就已經普及了，但這世界不知為何沒有麥芽糖。

頂多只有一些酒廠，會將變成酒精前的甜味液體當成飲料販售。

於是我立刻將事先買好的糯米和玄米等材料放進甕裡，用魔法精製麥芽糖。

其實原本應該要更費工夫，能用魔法省略那些步驟真的是太好了。

我立刻就完成一整甕的黏稠麥芽糖，用木棒捲起來分給孩子們。

「謝謝威德林大人。」

「好甜喔——」

甜甜的麥芽糖，讓孩子們非常開心。

「不過來了真多人呢。」

「沒來的……」

只有不是遺族的主村居民、其他村落的保守人士，以及無論如何都抽不出時間過來的人吧？

「那麼，接下來有什麼計畫？」

「要看對手如何行動。」

即使科特當上下任領主能為這塊領地帶來暫時的安定，未來依然只會成為混亂的原因。

因此我們預定讓他被廢嫡。

讓赫爾曼哥哥繼承目前的領地和部分未開發地，再由我出錢開發剩下的土地。

不過我只是個方便的代表，不太會干涉開發，暫時也會以冒險者的身分活動。

雖然沒有直接商量過，但王國方面和布雷希洛德藩侯應該也是這麼認為的。

布蘭塔克先生之所以沒特別說什麼，應該是因為他也知道這些事情。

此外他白天會用魔法消除氣息監視科特的行動，也是基於布雷希洛德藩侯的命令。

大家都在等科特失控。就某方面來說，他也真是可憐。

話雖如此，我已經不想再因為老家而扯上麻煩。

這時候有必要狠下心排除他。

「從明天開始，又要每天挑釁他了。」

「挑釁啊……」

布雷希洛德藩侯說特定遺物和鑑定素材的工作，還要花一點時間才會結束。

我不認為科特在那之前就會失控，所以實際上我們預定繼續留在領地內一段時間。

而且名義上，因為我能用魔法前往魔之森，所以將暫時把這裡當成據點，以專屬冒險者的身分活動。

至於條件方面，布蘭塔克先生似乎已經和父親或克勞斯私下商量好了。

原來如此，看來囉唆的科特一開始就被排擠了。

然後我也將定期在領地內舉辦市集，同時執行向領民們收購物品的業務。

除此之外，赫爾曼哥哥他們一家人，將負責輔助我們和延長休假的保羅哥哥等人。

正常來講，大家應該會認為這是領主為了發展領地內的經濟，允許冒險者與其護衛來這裡做生意，並派侍從長家的人去幫忙，但真正的內情，可以說是一種下位者在反抗上位者的徵兆。

站在王國的立場，他們應該希望科特能早點失控吧。

然後讓我們在盡可能不造成犧牲的情況下鎮壓他。

這就是目前的劇本。

「總而言之，我想盡快恢復原本的冒險者生活……」

「你還真是堅持……」

就在我們談論這些事情時，原本在開宴會的領民們突然開始騷動。

因為他們在會場看見科特的太太亞美莉大嫂。

而且她還帶著科特的孩子，也就是預定在科特之後接任領主的小卡爾和他的弟弟奧斯卡。

「喔，那位夫人還真是大膽。」

「不，我想她應該不是那麼強悍的類型。」

身為比起我們家，更靠近地方都市的狹小領地騎士爵家的次女，考慮到下嫁平民的可能性，受過讀寫和計算等教育的她，是位個性穩重的女性。

這就是我對她的印象。

此外，在埃里希哥哥離家後，她也是和我最談得來的人。

「好久不見了，鮑麥斯特男爵大人。」

「好久不見，亞美莉大嫂。」

我記得她今年應該是二十六歲，但外表看起來又稍微年輕一點。

儘管不是什麼絕世美女，但我重新想起她是個給人良好印象又好說話的人。

「針對這次主辦慰勞戰死者遺族的餐會，請讓我代表公公向您致上謝意。」

按照亞美莉大嫂的說明，這原本是父親他們該自己舉辦的活動，但因為科特與他的支持者反對，所以才會無法舉辦。

「關於這件事，因為是由戰死者中地位最高的侍從長的家族主辦，所以沒有問題。」

這次的宴會，名義上是由赫爾曼哥哥他們家主辦，我們只能算是協辦者。

雖然這樣很難說沒問題，但太在意也無可奈何。

「既然您這麼說。」

亞美莉大嫂似乎是父親和科特的代理人。

大概是因為她至今都還沒和以前交情很好的我見面，所以父親才體貼她做出這樣的安排。

科特應該只覺得「如果對象是你們，那派女人去當代表就夠了」，但父親連他這樣的想法都看穿了。

「那麼，請讓我先去祭壇那裡……」

亞美莉大嫂將帶來的祭品、花束和裝奠儀的袋子放到祭壇上，和自己的孩子一起獻上祈禱。

「不介意的話，要不要留下來吃飯。畢竟小孩子也一起過來了。」

「那麼，我就不客氣了。」

我立刻準備食物和點心給亞美莉大嫂與她的孩子們。

不過送東西過來的瑪琳二嫂她們，都露出複雜的表情。

雖然她們很想對科特的太太冷淡一點，但同為女性，她們也認為亞美莉大嫂是個被捲入丈夫失控的可憐人。

領民們在某種程度上，也知道領地內目前的情勢。

因此他們都對亞美莉大嫂投以不安的視線。

「您表現得很活躍呢。」

「嗯……相對地，我也被王都那些貪婪的貴族們給耍得團團轉。」

「身為貴族，這也是無可奈何。就連像我父親那樣的小貴族，都經常如此感嘆。」

雖然亞美莉大嫂邊用餐邊和我聊天，但她也不能向我詢問科特的事情，所以我們只能聊些無關緊要的話題。

儘管王都的貪婪貴族好像不太算是無關緊要的話題，但因為他們打從幾千年前開始就是那副德性，所以還是能拿來當成閒聊的話題。

「他們是我的姪子吧。我以前似乎都沒像這樣好好看過他們？」

還住在家裡的時候，我只有偶爾會和他們碰面。

反正我遲早要離開家，所以還是盡量別跟他們接觸比較好。

當時的父親和科特大概就是抱持這樣的想法，因為我也加以配合，所以我和姪子們甚至連話都沒好好講過。

「他們長大了呢。」

「是的，我也老了。在孩子們長大後，我唯一擔心的就是小卡爾和奧斯卡的未來。」

「我還沒當過父母，所以不是很了解，但大家應該都是這樣吧。」

在我們兩人談話期間，艾莉絲等人都體貼地幫忙送點心給兩名姪子，將他們的注意力引開。

「將來或許會發生一場風暴，請妳盡量帶著孩子遠離那些事情。」

「果然無法避免嗎……」

亞美莉大嫂以前是外地人，所以能理解科特他們的偏執。

如果是以前，或許就算是像科特那樣的人也能擔任領主，但現在已經沒辦法了。

「就算能夠暫時撐過去也沒用。」

「說得也是……」

絕大部分的領民，都已經將注意力移向外面。

因為他們都發現科特的作法已經行不通了。

「關於孩子們的未來，因為還有幾個人欠我人情，所以我會幫忙想辦法。」

「謝謝您。」

在那之後，我們又閒聊了約三十分鐘，然後亞美莉大嫂就帶著孩子們回去了。

我的姪子小卡爾和奧斯卡在聽了我打倒龍的故事，並拿到點心和玩具等王都的土產後，似乎顯得很開心。

「喂，什麼叫做你會想辦法啊？」

「我會想辦法。當然，布雷希洛德藩侯大人也會吧？」

「真拿你沒辦法。」

畢竟我們又不是要把人抄家滅族。

只要將科特廢嫡，事情應該就能結束。

不如說這種事和我的個性一點都不合，真希望能夠早點結束。

「你明天要去魔之森狩獵嗎？」

「如果狀況沒什麼改變，應該就是那樣吧。」

我目送帶著兩個孩子回家的亞美莉大嫂的背影離開，在心裡向一點都不相信的神明祈禱，希望事情能夠早點落幕。

第八話　嘗試開發荒地

「那麼，事情就是這樣。」

「我也沒有意見。希望鮑麥斯特男爵你們，能為這塊領地的發展帶來貢獻。」

距離淨化魔之森的工作結束，已經過了一個星期。

我們再次於鮑麥斯特本家宅第與父親交涉。

話雖如此，父親基本上不會反對。

因為布蘭塔克先生已經以布雷希洛德藩侯使者的身分，先來跟父親談好條件。

而且對還是領主的父親來說，這些都是不僅有助於領地發展，還能獲得領民支持的好方案。

按照領主的常識，即使必須無視科特的感情，也應該要贊成。

雖然最後許多案件都獲得了解決。

但徹底遭到忽視的科特，獨自在一旁像隻小型犬般面紅耳赤地顫抖。

儘管他應該很想抱怨，但父親應該以再出言不遜會影響鮑麥斯特家的名聲為由，事先制止了他。

在交涉的期間，他一語不發地持續瞪著我。

還沒暴怒啊。應該再多挑釁一點嗎？

首先是交給布雷希洛德藩侯分類的遺物、所有者不明的遺物以及戰鬥中獲得的魔物素材的鑑定已經結束。

根據事先的交涉，鮑麥斯特家可以分到三成。

科特似乎相當期待。

我一拿出記載詳細內容的明細表，他就一把搶過去確認數字。

因為他只會簡單的計算，所以只能透過合計欄來確認能拿到多少錢。

不過真虧他這樣還敢叫我們別動手腳。

要是自己無法確認，那還談什麼動手腳。

「真少……」

看完數字後，他沮喪地說道。

因為合計有二十萬分以上，所以考慮到之前的狀況，那應該算是一大筆錢了，但他似乎還是感到不滿。

「克勞斯，這沒有算錯嗎？」

「沒有。」

正常來講，身為南方地區負責人的布雷希洛德藩侯，根本不可能誆騙隔壁的貧窮騎士爵家。

這也是理所當然，畢竟和對那筆小錢作假能獲得的利益相比，還是名聲上的損失比較大。

而且那也不可能算錯。

因為布雷希洛德藩侯家有許多在財務方面的能力與克勞斯相當，或更勝一籌的人才。

「不過，鮑麥斯特家以前欠布雷希洛德藩侯家的錢也一併被抵銷了。」

「欠債？」

鮑麥斯特家當初在這塊土地獨立時，曾經以援助金的名義向王都的本家借了一筆錢沒還，在埃里希哥哥、保羅哥哥和赫爾穆特哥哥結婚時，鮑麥斯特家也沒交禮金，這些布雷希洛德藩侯都以宗主的身分替他們還清了。

所以這些帳當然要好好算清楚。

「在看過詳細內容後，只能說還錢是應該的……」

看來就連克勞斯也只能這麼說。

不過科特在聽見後勃然大怒。

「什麼時候要還錢，應該由我們來決定！」

話雖如此，他一定沒打算還吧。

就是因為他總是做這種事，布雷希洛德藩侯才會一點都不信任他。

真是個愚蠢的男人。

「雖然貴族借錢是件普通的事情，但考慮到內容，還是早點還清比較好吧？」

無論對科特說什麼都是浪費時間，所以我直接詢問父親。

「說得也是。而且這麼一來，我們的欠債都一筆勾銷了。」

父親用一句話結束了與魔之森的工作有關的話題。

鮑麥斯特家債務的話題也到此結束。

「再來是今後鮑麥斯特男爵等人將以冒險者的身分展開活動……」

在這塊領地內建立據點，然後利用我的「瞬間移動」前往魔之森狩獵。

此外還有定期開辦市集，以及因為領地內沒有任何公會，所以我們將代為處理這些業務的事情。

然後是透過這些工作獲得的報酬，應該繳納多少稅金給鮑麥斯特家？

這部分的稅率已經透過布雷希洛德藩侯事先決定好了。

「我們領地內不容易變現。所以在魔之森取得的素材，請先在布雷希柏格的冒險者公會變換成現金後，再繳納其中的兩成。」

由於我們還隸屬於布雷希柏格分部，因此在變現時必須去那裡處理。

其實在布雷希柏格分部，我們也必須繳納變現金額的兩成。

不過若合計必須被人徵收四成，那我們冒險者這邊也會產生不滿。

再怎麼說，還是會討厭被人壓榨到那種程度。

因此針對這部分的事情，布雷希洛德藩侯已經巧妙地和公會交涉過了。

就結果而言，我們以後在布雷希柏格分部那裡不用再上繳金錢。

雖然這樣好像只有公會那邊單方面蒙受損失，但因為光是轉賣從冒險者那裡收購的魔物素材，似乎就已經足以獲利，所以並沒有造成什麼問題。

而且這次的事情還摻雜政治上的意圖。

公會之前將剛成為冒險者不久的我們送進難以探索的地下遺跡，犯下差點害我們丟掉性命的失誤，所以無法強硬地向我們或布雷希洛德藩侯要求上繳金。

不過這件事，我也是之後才從布蘭塔克先生那裡聽說的。

「總而言之，你們必須繳納所得利益的兩成，並且每個月提交一次明細。」

「我知道了。」

雖然確認明細是克勞斯的工作，但他是個在工作方面非常認真的男人，應該不會為了替父親或科特牟取利益而刁難我們。

就這方面而言，他是個能夠信任的人。

畢竟他在心裡憎恨父親。

「威德林大人將在這塊領地展開冒險者的活動。這實在是件值得慶幸的事情。」

被父親委託檢查明細表的克勞斯，誇張地表現出開心的樣子。

他一定是故意的。

其實我們只是利用冒險者的活動當掩護，真正的目的是排除之後可能造成麻煩的科特。

克勞斯一定也有發現這點。

儘管科特眼神銳利地瞪向克勞斯，但後者表現得好像完全沒有發現。

「好久沒遇到值得計算的明細表，真是令人期待。」

因為克勞斯平常都只有在計算「能從每戶人家的小麥收穫量徵收多少稅」之類的東西，難得能接到真正的會計工作，似乎讓他很高興。

不過實際上，那樣的舉動怎麼看都像是在瞧不起父親與科特身為領主的能力。

注意到這點後，科特更加漲紅了臉瞪向克勞斯，父親的表情則是沒什麼變化。

克勞斯持續假裝完全沒注意到科特的視線。

他果然是個不能大意的男人……

因為他在發現我打算藉由挑釁來讓科特失控後，什麼都沒說就直接協助我。

「剩下的細節，就等之後商量時再決定吧。」

「說得也是。」

就這樣，我們順利結束了與父親的交涉。

只有從頭到尾都被忽視的科特，面紅耳赤地站在原地。

「主公大人，您進的商品真不錯。」

「羅德里希，你也當過店長嗎？」

「只是代理而已。一位舊識曾經將某間雜貨店交給我打理。」

「原來如此。」

總而言之，在讓科特失控並排除他之前，我們都要以鮑麥斯特領地為據點行動，所以我在這一個星期裡，接觸了許多人與物。

首先是住的地方，在人數增加後，原本借住的地方就顯得太窄，所以要搬到其他地方。

不過，這塊領地內最大的房子就是領主家。

因此我決定將從師傅那裡繼承的房子，從布雷希柏格移建到這裡。

雖然或許會有人納悶「要怎麼越過那座山脈」，但這也能靠魔法解決。

「您好！俺是來幫忙移建的林布蘭特！」

三天前，我和這位操著假關西腔口音、有點禿頭的大叔約在布雷希柏格的自宅前見面。

其實這位大叔。

會使用一種屬於土系統的特殊魔法。

那個魔法叫「移建」，能將非常巨大的建築物移建到其他地方。

此外他也會使用「瞬間移動」，因此只要收到委託，就會先將對象物移到魔法袋裡，等本人移動到目的地後，再將建築物從魔法袋裡拿出來進行移建。

當然，因為建築物的地基是埋在地下，所以在移建後，也必須讓地基和以前一樣發揮作用。

在移建時能連這點都計算在內的林布蘭特先生，通常行程表都已經排到好幾個月以後。
他的顧客是以貴族為主的有錢人們。
例如雖然想在風光明媚的土地建別墅，但很難在當地找到建築人員時。
就可以先找塊適合的空地蓋好建築物，再讓林布蘭特先生移建到那裡。
此外，他還會按照王國政府的命令移建歷史悠久的建築物。
基於這項特技，他和我一樣爬到了名譽男爵的地位。
他原本應該無法立刻接受我的委託，但盧克納財務卿似乎有從中幫忙。
最後他在約定的時間來到我家前面。
「那麼，咱們走吧。」
雖然林布蘭特先生不知為何操著一口微妙的關西腔，但工作效率非常好。
他在屋子周圍繞過一圈後，我的房子馬上就消失了。
「那麼，麻煩您帶我到預定移建的地點。」
即使林布蘭特先生幾乎能「瞬間移動」到王國境內的任何地方，但還是沒去過鮑麥斯特領地。
因此我用「瞬間移動」將他帶到鮑麥斯特領地。
「真是個悠閒的地方呀。」
抵達目的地後，林布蘭特先生瞇起眼睛觀察只能用鄉下農村來形容的鮑麥斯特領地。
然後擔任護衛的保羅哥哥他們，過來迎接我們。

「這裡就是預定地點。」

我們事先與父親交涉，借了一塊位於鮑麥斯特家的實際支配區域與未開發地的邊界，地基穩固的平地。

不僅不需要租金，而且在未開發地想做什麼都沒關係。

相對地，我們必須確實繳納兩成的獲利。

父親大概認為只要我們能在未開發地狩獵，並將獲得的獵物換成錢就算很好了。

「這裡應該沒問題唄。」

「（他的關西腔好怪……）」

林布蘭特先生似乎同時還是個建築家。

他活用這方面的知識，將從魔法袋裡取出的師傅以前的家，以相同的狀態蓋在平地上。

而且一樣是在瞬間完成。

「再來是……」

接著他開始移建我之前一併拜託他的十幾間屋子。

為了其他將暫時和我一起在鮑麥斯特領地生活的人們，我事先請林布蘭特先生將那些房子帶過來。

首先是師傅的房子，我的隊伍成員、薇爾瑪、羅德里希和女僕多米妮克都會住在這裡。

至於兩側的房子，則是讓羅德里希挑選的優秀警備人員與新僱用的傭人們居住。

另外讓保羅哥哥他們暫住的房子，也被移建到這裡。

「咦？圓滿離職？」

「前輩，我們也一樣……」

結束地方巡檢官的工作後，保羅哥哥他們請假擔任我們的護衛，但他們在收到艾德格軍務卿經由布雷希柏格送來的信後，都大吃一驚。

因為那封信裡不僅命令保羅哥哥他們五人繼續執行護衛我的任務，還同時寫了他們已經從警備隊離職。

「為什麼？」

「繼續看下去怎麼樣？」

在奧特瑪的催促下，保羅哥哥繼續讀信，然後發現上面寫著——

「請繼續執行護衛鮑麥斯特男爵的任務。作為成功報酬，我保證將讓你受封準男爵並取得相對應的土地。至於剩下四人的報酬，他們將作為保羅大人的陪臣……」

此外還提到雖然是在休假中，但他們在王都的家人依然能獲得警備隊的薪水、地方巡檢任務的職務津貼，以及出差津貼。

此外還會再支付護衛的報酬。

「領地？」

「大概是指未開發地的某處吧？」

事情應該就和奧特瑪先生說的一樣。
然後那裡將和赫爾曼哥哥預定繼承的領地，一起接受我的開發援助。
未來那些未開發地將變成我的領地，而他們的地位，就類似輔佐我的分家。
「唉，畢竟是將被排除在外的科特哥哥拉下臺的討厭工作。雖然開發應該會很辛苦，但這種報酬也不壞……」
「我有你這個朋友真是太好了！」
「前輩最棒了！」
「終於能讓老爸大吃一驚了！」
「老婆和孩子們應該會很高興。」
其他四人一聽到能成為保羅哥哥開發的新準男爵領地的陪臣，都興高采烈地抱住保羅哥哥。
「喂！我可沒有那種興趣！」
「我知道啦，同期的好友！不，從今天開始要叫你領主大人。」
「被奧特瑪這樣叫感覺好怪。」
「就算是這樣，你還是得習慣吧。」
雖然保羅哥哥似乎打從心底討厭被四個大男人抱住，但其他預定將取得能夠世襲的陪臣職位的四人，都露出喜不自勝的表情。
「能夠世襲！陪臣就是這點棒！」

「這樣就能向克莉絲塔求婚了……」

「之後得寫信給家人才行了。」

因為大家都是貴族的三男以下、一代騎士的孩子，或祖先是貴族的商家之子，所以要是能成為貴族應該會很高興，不過他們似乎也沒人真的抱持這種不切實際的夢想。

所以從他們的角度來看，光是能成為保羅哥哥的家臣取得能世襲的職位，就已經算是非常成功了。

「既然如此，那可得確實保護鮑麥斯特男爵大人的安全。」

「我的劍終於要派上用場了。我會在暴徒受苦前就砍掉他的腦袋。」

「說得也是。把所有可疑的人都殺掉吧。」

「要不要故意弄錯，直接把那個長男砍了？不如說這樣工作還能早點結束……」

「等一下！給我停止那種危險的發言！」

我拚命設法讓因為過於高興，而開始做出不得了發言的奧特瑪先生他們冷靜下來。

「結果還是要開店呢。」

「特地舉辦市集實在太麻煩。」

因為從父親那裡獲得自由使用未開發地的許可，我們之後花了一個星期送各式各樣的東西過來。

首先是在王都挑了十幾間價格合適的房子，再拜託移建名人林布蘭特先生移建到我家附近。

雖然裡面也有幾乎是賤價出售的老房子，但那些房子目前正由羅德里希僱用後帶來這裡的木匠在整修。

等他們的工作結束後，我會再負責把他們送回王都。

「一半以上都是空房子呢，是要募集移民嗎？」

「羅德里希，移民這個詞太危險了。」

因為這裡是父親的領地，我只是個借用土地的冒險者。

因此之後要搬進這些房子裡的不是移民，而是我新僱用的員工。

「要在這間店賣各式各樣的東西？」

「拜託你了，羅德里希店長。」

「喔……」

在那些空房子中，也包含了一間原本開在王都郊外，後來倒閉的中等規模商店。

那個可疑的里涅海姆先生一聽說我在找那種店舖，就幫忙找了特別便宜的地產。

其他便宜的老房子，也都是他幫忙找到的。

透過他的交涉，那些屋主以幾乎是免費的價格，將原本預定要拆除的老舊建築物賣給我。

因為對方也省了一筆拆除費，所以這應該算是一筆對雙方都有利的交易。

而且那些房子的狀況其實也沒那麼糟。

王都的住宅通常都會比較早拆掉重建，所以這些都是只要稍微整修，就能夠正常使用的建築物。

雖然這樣講有點失禮，但不如說鮑麥斯特領地內的住宅還比較破舊。

「這間中型商店，只要修理外面就行了。」

這些建物當中包含了一間中等規模商店，在從王都僱來的年輕男店員的奮鬥下，店內已經陳列了許多商品，而家裡的女僕們，也在羅德里希的指揮下開始當起售貨員。

比起開市集，還是直接經營一間商店比較省事。

在做出這樣的結論後，我取得父親的許可，開了一間由我當老闆，由羅德里希擔任店長的「萬事屋」。

店裡的商品與其說是應有盡有，不如說就是我們之前在市集上賣的那些東西。

調味料、生活雜貨、農具等金屬製品、點心，以及肉品。

雖然也有容易腐壞的東西，但只要收在魔法袋裡就沒問題了。

其實在師傅的遺物中，也包含了泛用的魔法袋，所以我將那個魔法袋借給羅德里希。

儘管泛用的魔法袋算是貴重品，但因為裡面大概只能裝一棟房子的量，所以對我來說反而是個比較難用、一直收藏著沒用的東西。

「居然說難用……主公大人。這個魔法袋如果用買的，可是要三百萬分才買得到……」

「那你小心別弄丟了。」

「我不想賠償，所以絕對不會弄丟。」

進貨的部分，我打算定期向布雷希柏格的商業公會批貨。

再來還有一項工作，就是向領民們收購能在布雷希柏格販售的物品。
一開始應該只有小麥，但領民們也會逐漸想出其他東西。
然後在這間商店開幕後，某項傳統也將被中止。
「那麼，就沒必要特地派遣商隊過去了。」
布雷希洛德藩侯宣布將停止派遣長年持續去鮑麥斯特領地的商隊。
之所以提供了我不少方便，也是因為發現比起派遣商隊，還是交給我處理省錢多了。
「收購小麥的事情也交給你了。」
此外，收購小麥的工作完全沒有任何獲利。
因為是按照行情收購，再按照行情賣出去。
商隊之前其實也是這樣收購，我們判斷要是突然改變，會造成問題。
而且只要靠其他商品獲利就行了。
「不過主公大人，這樣會不會太無情了。」
「畢竟是故意這麼做的。」
在我開始經營商店後，鮑麥斯特領地就失去商隊這個能從外部獲得鹽的途徑，換句話說，他們只能依靠我取得鹽。
我本來以為父親發現後或許會說些什麼，但他沒讓科特參與交涉，就無條件地同意了。
「畢竟原本就是靠布雷希洛德藩侯的罪惡感這種不確定的理由在營運的危險商隊，就算換成鮑麥斯特男爵的商店，也沒什麼差別。」

而且我的店商品項目比商隊多，價格也較低。

從父親的角度來看，只要能收稅就沒理由反對。

「父親，這樣下去，這塊領地會被威德林劫持！」

「被劫持？那我問你，這個鮑麥斯特領地至今都必須仰賴布雷希洛德藩侯家，才能取得鹽這個戰略物資。不過這裡有被布雷希洛德藩侯家劫持過嗎？」

「這個……」

「如果你有意見，就想辦法解決商隊的問題。」

針對我經營商店的事情，科特果然也有找父親抱怨。

不過在經過這樣的對話後，他似乎被父親講得無話可說。

「再來就是召集農家。」

「我想吃米飯！」

「這樣啊……」

鮑麥斯特領地和南方的未開發地氣候溫暖，也有充足的雨量。

因為能種稻米的可能性很高，我決定要嘗試看看。

「種米的專家嗎？嗯，有喔。」

我從稻米產業興盛的布雷希洛德藩侯領地那裡，僱用了幾名已經將田地交給孩子管理的老農民。

並請他們指導我在王都募集的想當農夫的年輕人們。
因為從頭開墾農地太費時，所以我用土木魔法分割出大小均一的田地和製作水道，用魔法從田地裡去除不必要的石頭。
再來就是從布雷希洛德藩侯領地內，那些幾百年來都被當成優秀田地使用的場所要了一些土壤，再參考那些土壤，以魔法改變剛開墾的田地土壤的性質。
經過幾次細微的調整，我總算做出了能讓負責指導的農民們滿意的土壤。
接下來只要實際種植稻米，再花時間將土壤改造成適合這塊土地氣候的土壤就行了。
現在也有十幾名志願成為農夫的年輕人，正按照負責指導的老人們的指示翻土、補強水道和田埂，或是為了準備插秧，組裝我事先購買的玻璃製溫室，進行育苗的準備。
「真正式呢。」
「因為我想吃當季產收的新米。我說真的。」
雖然這也是理由之一，但由於鮑麥斯特家至今都沒人有辦法開墾未開發地，只要我用魔法在短期內完成開發，就能給科特壓力。
「既然主公大人這麼說。那鄙人會負責管理基本事務。」
因為鄰接鮑麥斯特領地，所以這裡將來預定將作為支援的一部分，割讓給赫爾曼哥哥。
羅德里希預定在不遠的將來，成為替我在未開發地開拓領地的代理官員，所以無論是小規模農村、商店或是田園地帶的開發管理與稅收計算，應該都能當成訓練。

「計算稅金時可別算錯了。」

「畢竟這樣可能會落人口實。話說回來，夫人們上哪兒去了？」

「喔，艾莉絲她們啊……」

保羅哥哥他們，正在我和羅德里希周圍擔任護衛。

艾莉絲則是去教會幫忙麥斯特神父。

他好像從昨天晚上開始，就腰痛到站不起來。

因為這種鄉下領地不可能有其他神父，所以這時候就輪到助祭司艾莉絲出場了，不過要是讓她獨自行動，我怕科特可能會做出什麼蠢事，因此我讓薇爾瑪穿上不習慣的修道服擔任護衛。

「神明大人，我肚子餓了……」

「薇爾瑪小姐，神明大人不會聽這麼直接的願望……」

信仰心和我一樣薄弱的薇爾瑪，或許現在正在說這種話也不一定。

「然後艾爾文和其他夫人與布蘭塔克大人，是去魔之森啊？」

畢竟是以冒險者的身分留在這裡，要是不去打獵就本末倒置了。

所以艾爾他們就和布蘭塔克先生去探索魔之森了。

「我也想去。」

「主公大人在這裡還有工作。」

關於魔之森，我們之前只探索過遠征軍從中央入侵的那條路線。

中央部分的魔物分布，和其他地區並沒有明顯的差異。

不過其他區域可能就不同了，因此我們暫時將針對這點進行調查。

早上由我用「瞬間移動」送他們過去，傍晚再去接他們回來。

目前預定是這樣。

「現在離迎接的時間還早。」

「那就快點搞定工作吧。」

鮑麥斯特家之所以放棄開墾這塊未開發地。

是因為未開發地有許多危險的野生動物。

要是在這裡種植農作物，可能會遇到凶猛的野豬和熊，盯上農作物的兔子和鹿，也可能會引來狼群。

必須在開發的同時，確保人員的安全。

這對沒什麼餘裕的小規模領主來說，的確是不可能的任務。

「不過這點主公大人也一樣吧？」

儘管靠錢和人脈召集了開發人員和警備兵，但人數依然不多。

羅德里希擔心在開墾大致已經結束的田園地帶，負責防衛的人手或許還是太少了。

「不需要那麼多人。」

因為我用魔法在開墾好的田園地帶和未開發地之間，挖了一道約五公尺深的溝，另外還用當時挖出來的土做了一道土牆，兩者都能防止野生動物入侵。

「那就沒問題了。」

羅德里希似乎放心了。

然後，他在跟我確認過大致的管理方針後，就急忙回去工作了。

「哎呀，只要有鮑麥斯特男爵大人在，不管開墾還是害獸對策都輕輕鬆鬆啊。」

看見新開墾地才幾天就成形，負責指導的老農夫們都發出驚嘆。

接下來似乎只要交給他們和新人們處理就行了。

「相對地，今年的米就靠你們了。」

「不過目前肥料不夠……」

「肥料啊。」

想種好吃的米，當然需要肥料。

不過無法期待這個世界會有化學肥料，我用魔法在未開發地割了大量雜草，然後混合廚餘和屎尿用魔法發酵。

過了一段時間後，我就在空地完成了大量肥料。

「鮑麥斯特男爵大人，連肥料都能用魔法做啊。」

「只是沒辦法一直做下去。」

「只要有一開始的分，應該從第一次收穫開始就能取得不錯的成果。剩下的事情，我們會自己想辦法。」

開墾、挖水道、培養土壤、製作肥料。

原本必須付出辛苦的勞力才能完成的事情，幾乎都靠我的魔法完成了。

因為通常根本不可能在這麼好的條件下開墾，為了別寵壞新人，老農夫們似乎打算嚴格地鍛鍊他們。

「只要鮑麥斯特男爵大人能在開墾新土地時再次使用魔法就行了。」

「話說這裡的氣候，一年能收穫兩次嗎？」

「一開始就這麼做有點危險，所以我們打算一年種兩種不同的作物。」

在經過以上的對話後，老農夫們開始指導新人們種稻。

「事情就是這樣，這個開發特區就交給你管理了。」

「開發特區嗎？」

我在這塊父親說只要繳納兩成收益就能自由使用的土地，開始種稻和經營商店。

雖然位於鮑麥斯特領地內，但這裡的主人是我，父親和科特都無法干涉這裡。

所以我擅自將這裡稱做開發特區。

在住宅、農地和商店都大致準備好的晚上。

我在家裡的書房向正在計算經費的羅德里希說明自己的想法。

「只要這裡的獲利提升，科特的聲望就會跟著下跌。」

「不是用刀，而是用錢殺掉對方嗎？真是殘忍。」

「總不能直接用魔法打倒他。」

「這麼說也對。」

「羅德里希，你覺得我是個討厭的傢伙嗎？」

雖然就算他這麼想也無所謂，但我還是試著問問看。

「考慮到鄙人過去的處境，根本就沒有餘裕去想這種事情。那位大人明明有能夠繼承的領地，卻怠於努力。無法對應與外部的聯繫這種時代的變化。只因為自己比較年長，就不願意向弟弟低頭。身為貴族，偶爾也必須在別人看不見的地方低頭。」

「原來如此。」

「雖然不曉得未來他會不會向主公大人低頭。不過居然能將初期費用壓低到這種程度，魔法真是不得了的東西。」

就這樣，我總算靠金錢的暴力，開墾了部分的未開發地。

Kadokawa Light Novels

我被召喚到魔界成為家庭教師!? 1 待續

Kadokawa Fantastic Novels

作者：鷲宮だいじん　插畫：Nardack

美女學生竟是妖怪（蜘蛛女etc.）!?
史上最衰的家庭教師登場！

身為普通人類的我突然被召喚到魔界後，才發現被那個混帳勇者出賣了，我居然得擔任魔王之女的家庭教師!?首要任務是兩週後於人界舉辦的舞會中，讓嬌縱任性的三公主蜘蛛女莎菲爾順利完成初次亮相。若有差錯，魔界與人界就會引發大戰！

NT$220/HK$68

台灣角川

Kadokawa Light Novels

GAMERS電玩咖！ 1 待續

Kadokawa Fantastic Novels

作者：葵せきな　插畫：仙人掌

——要不要和我……加入電玩社呢？
彆扭玩家們的錯綜青春戀愛喜劇開演！

雨野景太的興趣是電玩，沒有特別醒目的特徵卻又不愛平凡日常生活，屬於落單路人角。儘管他並沒有在學生會發表後宮宣言，更沒被關進雖然是遊戲但可不是鬧著玩的MMO世界……卻受到全校第一美少女兼電玩社社長天道花憐邀約加入電玩社!?

台灣角川

NT$240/HK$75

Kadokawa Light Novels

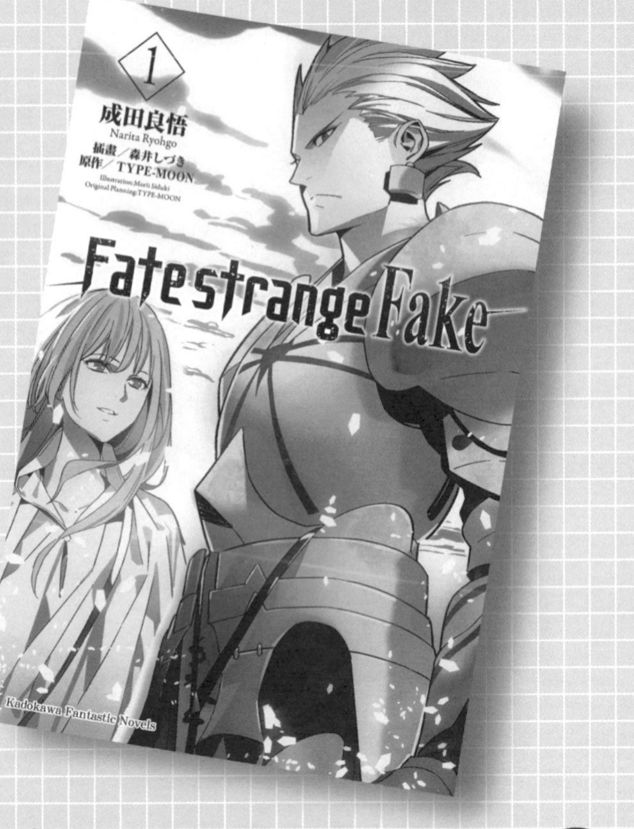

Fate/strange Fake 1 待續

Kadokawa Fantastic Novels

作者：成田良悟　原作：TYPE-MOON　插畫：森井しづき

這是充滿虛偽的聖杯戰爭。
其聖杯，將由虛偽邁向真實——

　　第五次聖杯戰爭終結後數年，美國西部史諾菲爾德出現下一場鬥爭——那是充滿虛偽的聖杯戰爭。聚集於虛偽台座的魔術師與英靈們，即使深知這是場虛偽的聖杯戰爭，他們仍舊在此之上不斷舞動。然而，注滿容器的究竟是虛偽或真實，抑或是——

NT$200/HK$60

台灣角川

Kadokawa Light Novels

Fate/Prototype 蒼銀的碎片 1~2 待續

Kadokawa Fantastic Novels

作者：櫻井 光　原作：TYPE-MOON　插畫：中原

Fate系列最豪華的典藏版全彩插畫小說登場！
受詛咒的槍兵之主人，其殘酷的童年揭曉！

玲瓏館美沙夜之父為成就魔術師千年大願——歸溯「根源」而參加聖杯戰爭。勢力之龐大史無前例的玲瓏館家威名遠播，連西洋「鐘塔」的魔術師都不敢輕忽。美沙夜引以為傲的父親，勢在必得地與使役者結契，卻遭逢殘酷命運！

台灣角川

各 **NT$280~300/HK$85~90**

國家圖書館出版品預行編目(CIP)資料

八男?別鬧了! / Y.A作 ; 李文軒譯. -- 初版. -- 臺北市 : 臺灣角川, 2016.04-
冊 ;　公分
譯自 : 八男って、それはないでしょう!
ISBN 978-986-473-065-0(第4冊 : 平裝). --
ISBN 978-986-473-066-7(第5冊 : 平裝)
861.57　　　　　　105003273

Kadokawa
Fantastic
Novels

八男？別鬧了！ 4

（原著名：八男って、それはないでしょう！4）

2016年7月23日　初版第1刷發行

作者：Y・A
插畫：藤ちょこ
譯者：李文軒

發行人：成田聖
總編輯：蔡佩芬
主編：吳欣怡
文字編輯：黎夢萍
資深設計指導：黃珮君
美術設計：黃永漢
印務：李明修（主任）、張加恩、黎宇凡、潘尚琪

發行所：台灣角川股份有限公司
地址：105台北市光復北路11巷44號5樓
電話：（02）2747-2433
傳真：（02）2747-2558
網址：http://www.kadokawa.com.tw
劃撥帳戶：台灣角川股份有限公司
劃撥帳號：19487412
法律顧問：寰瀛法律事務所
製版：巨茂科技印刷有限公司
ISBN：978-986-473-065-0
香港代理：香港角川有限公司
地址：香港新界葵涌興芳路223號
新都會廣場第2座17樓 1701-02A室
電話：（852）3653-2888